KB124294

부�엉이의 불길한 말

부엉이의 불길한 말

루쉰

성민엽 옮김

▲

문학과지성사

옮긴이 성민엽

문학평론가, 서울대학교 중문과 명예교수. 지은 책으로 학술서 『현대 중국의
리얼리즘 이론』 『무협소설의 문화적 의미』 『동아시아적 시각으로 보는 중
국문학』 『언어 너머의 문학』 등과 문학비평집 『지성과 실천』 『문학의 빈곤』
『변하는 것과 변하지 않는 것』 『문학의 숲으로』 등이 있으며, 옮긴 책으로
아이칭 시선집 『중국의 땅에 눈이 내리고』와 루쉰 소설선 『아Q정전』, 왕멍
의 장편소설 『변신 인형』 등이 있다.

문지 스펙트럼 세계 문학

부엉이의 불길한 말

제1판 제1쇄   2022년 12월 30일

지은이	루쉰
옮긴이	성민엽
펴낸이	이광호
주간	이근혜
편집	홍근철 박지현
마케팅	이가은 허황 이지현 맹정현
제작	강병석
펴낸곳	㈜문학과지성사
등록번호	제1993-000098호
주소	04034 서울 마포구 잔다리로7길 18 (서교동 377-20)
전화	02) 338-7224
팩스	02) 323-4180(편집) 02) 338-7221(영업)
대표메일	moonji@moonji.com
저작권 문의	copyright@moonji.com
홈페이지	www.moonji.com

ISBN 978-89-320-4111-7 03820

차례

일러두기

1. 이 책은 魯迅의 『魯迅全集』(人民文學出版社, 1981)에서 선별한 산문 10편
   과 산문시집 『野草』(北新書局, 1927)에 수록된 산문시 전편을 우리말로
   옮긴 것이다.
2. 인명, 지명 등 고유명사의 외래어 표기는 국립국어원 외래어 표기법에
   따랐다. 다만, 일부 중국어 인명과 지명은 옮긴이의 뜻에 따라 예외를 두
   어 현지음에 가깝게 표기하였다(예: 저장→저쟝, 첸쉬안퉁→첸쉬엔퉁).
3. 이 책의 각주는 모두 옮긴이 주이다.

산문

악마파 시의 힘*

옛 근원을 찾아낸 자는 미래의 샘을 찾을 것이요, 새 근원을
찾을 것이다. 오, 나의 형제들이여, 새로운 생명이 탄생하고
새로운 샘이 솟아 심연으로 향할 때가 머지않다.

— 니체**

1

오래된 나라의 문화사를 읽는 사람이 시대를 따라 내려가

---

* 원제는 「摩羅詩力說」. 이 글은 1908년 2월과 3월, 월간 『하남河南』 제
2호와 제3호에 링페이슈飛라는 필명으로 발표되었다. 전부 9절로 되어 있
는데, 여기에 번역된 것은 그중 1, 2, 3절과 9절의 후반부다. 4절부터 9절
의 전반부까지는 바이런, 셸리, 푸시킨, 레르몬토프, 미츠키에비치, 슬로
바츠키, 페퇴피 등에 대한 각론이다. 원문이 중국어가 아니라 한문으로
쓰인 것이므로 번역에서도 다소간 의고체를 사용했다.

** 프리드리히 니체, 『차라투스트라는 이렇게 말했다』 3부 12장 25절에
서 인용한 것이다.

다가 권말에 이르게 되면, 마치 따뜻한 봄날을 벗어나 쓸쓸한 가을에 접어들어 모든 싹에 생기가 끊어지고 마르고 시든 모습만 눈앞에 있는 듯한 처량한 느낌이 드는 법이다. 마땅한 이름이 생각나지 않으므로 일단 적막함〔蕭條〕이라 부르기로 한다. 인류의 문화유산 중에서 가장 힘이 있는 것은 마음의 소리*이다. 옛 사람들의 상상력은 자연의 오묘함에 닿아 있고 삼라만상과 연결되어 있어서, 그것들과 영적으로 소통하며 말할 수 있는 바를 말하면 다 시가詩歌가 되었다. 그 소리는 시간이 지나면서 사람의 마음속으로 스며들고, 입을 다물어 끊어지는 일이 없다. 오히려 날로 더 퍼져나가며 그 민족과 견준다. 점차 문사文事가 쇠퇴하게 되면 그 민족의 운명도 다하게 되는바, 뭇사람들의 소리가 그치고 영화榮華가 빛을 거둔다. 이 대목에서 역사를 읽는 사람의 적막한 느낌이 뭉클 일어나고, 그 문명사의 기록 또한 차츰 마지막 페이지에 이르게 된다. 무릇 역사의 초창기에 영예를 안고 문화의 서광을 열었으나 지금은 이름만 남은 국가〔影國〕가 되어버린 나라들이 모두 그러하다. 우리 나라 사람들의 귀에 익숙한 예를 들자면, 천축天竺이 가장 적합하다. 천

---

* 원문은 '心聲'이다. 한나라 때 철학자 양웅揚雄의 『법언法言』「문신問神」편에 "言, 心聲也; 書, 心畵也"라는 구절이 있다. 이 글에서는 시詩를 비롯한 문학을 가리킨다.

축에는 옛날 네 종류의 『베다』가 있었는데, 아름답고 깊이
가 있어서 세계의 위대한 문文으로 일컬어진다. 두 편의 서
사시 『마하바라타』와 『라마야나』 역시 지극히 아름답고 오
묘하다. 뒤에는 칼리다사Kalidasa라는 시인이 나와 희곡*으
로 세상에 이름을 떨쳤는데, 간혹 서정적인 시를 짓기도 했
다. 게르만 최고의 시인 괴테W. von Goethe는 그것을 천지지
간天地之間의 절창絶唱이라고 칭송하였다. 민족이 힘을 잃고
문사 역시 함께 영락하게 되자, 위대한 소리**는 그 국민의
영부靈府에서 점차 사라져갔고, 마치 망인亡人처럼 이역으로
떠돌게 되었다. 다음으로 헤브라이를 예로 들면, 대부분 신
앙의 가르침과 관계되지만, 문장이 심오하고 장엄한바, 종
교 문화의 원천이 되어, 사람들의 마음속으로 스며들어가
오늘날까지도 이어지고 있다. 다만 이스라엘 민족의 경우,
예레미야Jeremia의 소리에서 그쳤고, 열왕列王의 황음 방자
함에 하느님이 크게 노하시어 예루살렘이 파괴되고 민족의
혀 또한 침묵하게 되었다. 그들은 이역을 떠돌면서 자기들
의 조국을 잊지 않고 언어와 신앙을 바르게 하고자 애를 썼
지만,「애가哀歌」이후로 더 이상 그러한 소리는 나오지 않
았다. 이란과 이집트의 경우에는, 모두 두레박줄 끊어지듯

* 극시「샤쿤탈라」.
** 원문은 '至大之聲'이다.

중도에서 멸망하고 말아, 옛날에는 찬란했으나 지금은 적막하다. 만약에 진단震旦*이 그 대열에서 벗어난다면 인생의 큰 행복 중에서 이보다 더 큰 것은 없을 것이다. 무엇 때문인가? 영국인 칼라일Th. Carlyle은 다음과 같이 말했다. "밝은 소리를 얻어 마음속의 뜻을 마음껏 노래 부르는 것이 국민의 첫번째 소망이다. 이탈리아는 여러 조각으로 분열되었지만 사실은 통일되어 있다. 이탈리아는 단테Dante Alighieri를 낳았고 이탈리아어를 가지고 있는 것이다. 대러시아의 차르는 총과 대포를 가지고 있고, 정치적으로는 넓은 지역을 다스리며 대업을 행할 수 있다. 그러나 어찌하여 소리가 없는가? 그중 간혹 큰 것이 있기는 하지만 그 크다고 하는 것도 벙어리이다. [……] 총과 대포로 말하면 부식하게 마련이지만 단테의 소리는 변함이 없다. 단테가 있는 이탈리아인은 통일되어 있지만, 소리가 없는 러시아인은 결국 지리멸렬할 수밖에 없다."**

니체Fr. Nietzsche는 야만인을 싫어하지 않았으며 그들 속에 새로운 힘이 있다고 말했거니와, 이 말 역시 확실히 일리가 있다. 대개 문명의 조짐은 참으로 야만 속에 배태되는바, 야

* 인도에서 중국을 일컫는 말.
** 칼라일의 책 『영웅숭배론』에서 인용한 말이다. 원문에는 인용 부호가 없다.

만인은 그 모습은 야만적이지만 숨은 빛〔隱曜〕이 그 속에 잠재되어 있다. 문명이 꽃이라면 야만은 꽃봉오리이고, 문명이 열매라면 야만은 꽃이다. 전진이 여기에 있고, 희망 역시 여기에 있다. 오직 문화가 이미 끝난 오래된 민족만은 그렇지 않다. 발전이 이미 멈춘 데다가 쇠퇴가 뒤따르는데, 더욱이 오랫동안 옛 조상의 영광에 의지하여 문화 수준이 낮은 주변국들에 대한 우월감을 뽐내다 보니 저물어가는 기운이 나타나도 이를 알지 못하고, 어리석게도 자기 고집에만 사로잡혀 마치 죽은 바다처럼 정지해 있는 것이다. 역사의 처음을 장식했던 그 찬란함이 결국 권말에 가서 모습을 감추는 것은 아마도 그 때문인 것인가? 소리 없던 러시아에 격렬한 소리가 생겨났다. 러시아는 어린아이 같은 것이지 벙어리가 아니다. 러시아는 복류伏流 같은 것이지 오래된 우물이 아니다. 19세기 전기에 과연 고골N. Gogol이라는 사람이 나타나, 전에 없던 눈물과 슬픔으로 그 나라 사람들을 진작시켰다. 혹자는 고골을 영국의 셰익스피어W. Shakespeare──칼라일이 찬양하고 숭배한 사람이다──와 비슷하다고 했다. 세계를 돌아보면 새로운 소리〔新聲〕가 다투어 일어나고 있는데, 특수하고 웅장 화려한 말로써 그 정신을 진작시키고 그 위대함과 아름다움을 세계에 소개하지 않는 것이 없다. 침묵에 잠겨 움직이지 않는 민족이 있다면, 오직 앞에서 든 천축 이하 몇몇 오래된 나라들뿐일 것이다. 아아, 오래된 민족의 전해지는 마음의 소리는 장엄하지 않은 것이 없고 숭고하고 위대하지 않은 것이 없지만, 오늘날과 호흡이 통하지 않으니 옛날을 그리워하는 사람들에게 어루만지며 감탄하게 하는 것 말고 또 무엇을 그 자손들에게 물려주겠는가? 아니면, 예전의 그 영광을 되뇜으로써 지금의 적막을 은폐할 뿐이니, 도리어 새로 일어나는 나라만 못하다. 새로 일어나는 나라는 아직은 문화가 번창하지 못했어도 장차 존경할 만한 것을 이룰 수 있다는 큰 희망이 있는 것이다. 그런 까닭에 소위 오래된 문명국이라는 것은 비애의 어사일 따름이고, 풍자의 어사일 따름이다! 몰락한 귀족의 후손이, 누대에 걸쳐 번창해왔던 집안이 이미 황폐해진 뒤에, 사람들에게 떠벌려대며 자기 조상의 시대에는 그 지혜와 무용이 비할 바 없었고 대궐 같은 저택에 높은 누각, 주옥에 개와 말이 있었으며 뭇사람들보다 훨씬 더 존귀했었다고 한다. 그 말을 듣고서 웃지 않을 사람이 누가 있는가? 옛날을 돌이켜보는 것은 국민의 발전에 도움이 되는 것이지만, 그러나 돌이켜본다는 것은 그 뜻이 명쾌한바 거울에 비춰보는 것과 같다. 때로는 전진하고 때로는 돌이켜보며, 때로는 밝은 앞길로 나아가고 때로는 빛나는 과거를 되새기며, 그런 까닭에 새로운 것은 날로 더 새로워지고 옛것 또한 죽지 않는 것이다. 그런 이치를 모르고 제멋대로 자만하면서 즐거워한다면, 긴긴밤이 바로 이때부터 시작될 것이다. 지금 중국의 큰 거리로 나가보면, 시내를 오가는 군인들이 입을 벌려 군가를 부르며 인도와 폴란드의 노예근성을 통렬하게 비난하는 모습이 보일 것이다.* 제멋대로 국가國歌를 짓는 사람도 마찬가지이다. 대체로 오늘날의 중국 또한 사뭇 예전의 찬란함에 연연하며 특별한 소리를 내지 못하고, 한사코 왼쪽의 이웃 나라는 이미 노예가 되었다느니 오른쪽의 이웃 나라는 곧 망할 거라느니 하며 망국을 택하여 비교함으로써 자신의 훌륭함이 입증되기를 바라는 것이다. 그 두 나라와 진단 중에 과연 어느 쪽이 더 열등한가 하는 문제는 잠시 제쳐놓겠거니와, 찬미의 시와 국민의 소리로 말하자면 세계에 읊은 사람들이 많은데도, 이런 식의 작법을 나는 결코 본 적이 없다. 시인의 자취가 사라지면, 이것이 별일 아닌 것 같지만, 문득 적막감이 엄습한다. 뜻있는 사람이 조국의 위대함을 발양하려면 먼저 자기를 성찰해야 하고, 또한 반드시 남을 알고서 두루 비교하고서야 자각이 생겨난다. 자각의 소리가 나오면 그 소리는 반드시 사람들의 마음에 적중하는바, 그 깨끗함과 밝음이 평범한 소리와는 다르다. 그렇게 하지 못하면, 입과 혀가 달라붙고 뭇 말들이 다 사라져버려서 침묵

* 청나라 말기의 정치가 장즈퉁張之洞이 지은 「군가軍歌」에 "보아라, 인도는 땅덩어리 크지만, 노예 되고 말 되어 속박을 못 벗었네"라는 구절이, 「학당가學堂歌」에 "폴란드는 없어졌고 인도는 망했고, 유대 민족 사람들은 사방으로 흩어졌네"라는 구절이 있다.

이 전보다 배나 더해진다. 대개 몽롱한 정신으로 꿈을 꾸고 있으니 어떻게 말이 있을 수 있겠는가? 바깥으로부터 충격을 받아 스스로 분발하고자 애쓰기는 하지만, 그 분발이 그다지 큰 것이 못 될 뿐 아니라, 헛되이 탄식만 더할 따름이다. 그래서 국민정신의 발양은 세계에 대한 식견의 확대와 이어진다고 하는 것이다.

이제 옛일은 제쳐놓고, 다른 나라에서 새로운 소리를 찾아보려 하거니와, 그 원인은 옛일을 돌이켜보는 데에서 촉발되었다. 새로운 소리의 여러 종류들을 자세히 살펴볼 수는 없지만, 지극한 힘으로 사람들을 진작시킬 수 있고 말에 비교적 깊이가 있는 것으로는 실로 악마 시파*만 한 것이 없다. 악마라는 말은 천축에서 빌려온 것으로 하늘의 마귀를 가리키는바, 유럽 사람들은 이를 사탄이라 부른다. 원래 사람들은 바이런G. Byron을 그렇게 불렀다. 여기서는, 시인들 중에서 뜻을 반항에 두고 목적을 행동에 두어 세상 사람들에게 못마땅하게 여겨지는 자들을 모두 포함시키고, 시조인 바이런에서부터 마자르(헝가리)의 시인에 이르기까지, 그들의 말과 행동과 사유, 그리고 유파와 영향을 전하고자 한다. 이 시인들은 겉모습이 서로 판이하고 각자 자기 나라의 특

---

* 摩羅詩派. 여기서 마라摩羅는 산스크리트어의 Mara를 음역한 것으로, 보통은 '마라魔羅'라고 쓴다. Mara는 불교 전설에 나오는 마귀이다.

색을 띤 채 광휘를 발하는데, 그 큰 뜻에 있어서는 하나로 귀결된다. 대체로, 세상에 순응하는 화락和樂의 소리를 내지 않았고, 큰 소리로 한 번 외치면 듣는 사람이 떨치고 일어나動吭一呼, 聞者興起 하늘과 싸우고 세속을 거부했던 것인데, 그 정신은 또한 후세 사람들의 마음을 깊이 감동시키며 면면히 이어져 끊어지지 않고 있다. 태어나기 이전이거나 해탈 이후라면 그 소리가 별것 아닐 수도 있겠지만, 천지지간에 살면서 자연의 속박을 받으며 아무리 애를 써도 그것을 벗어나지 못하는 자가 듣기에 그 소리는 실로 가장 웅장하고 위대한 소리이다. 그러나 평화를 말하는 사람들은 그 시인들을 더욱 두려워할 것이다.

2

평화라는 것은 인간 세상에 존재하지 않는다. 평화라고 억지로 주장하는 것은 전쟁이 막 끝났거나 아직 시작되지 않은 때에 불과해서, 겉보기에는 평온한 것 같지만 암류暗流가 여전히 잠복하고 있다가 일단 때가 되면 움직이기 시작한다. 그러므로 자연을 보면, 부드러운 바람이 숲을 어루만지고 알맞은 비가 만물을 적실 때에는 인간 세상에 복을 내려주는 것 같지만, 땅 밑의 열화烈火가 화산이 되어 일단 분출하면 만물이 다 파괴된다. 이따금 바람과 비가 일어나는 것은 특별한 일시적 현상일 뿐 영원히 그렇게 평온할 수는 없는 것이니, 그것은 아담의 고향과도 같다. 인간의 일도 역시 마찬가지여서, 의식주와 국가의 다툼이 뚜렷이 나타나 이미 숨기려야 숨길 수 없는 상황이다. 두 사람이 한 방에 있으면서 호흡을 하게 되면 공기의 다툼이 생겨나고, 폐가 강한 자가 이기게 된다. 그러므로 생존경쟁의 경향은 생명과 더불어 함께하는 것이며, 평화라는 이름은 없는 것이나 마찬가지이다. 특히 인간이 처음 생겨났을 때는 힘과 용기로써 항거하고 투쟁하며 점차 문명을 향해 나아갔으나, 교화가 이루어지고 풍속이 변하고 인간이 나약해지면서 전진의 험난함을 알게 되면 아예 뒤로 물러나 숨으려 하고, 눈앞에 닥친 전쟁이 불가피하다는 것을 알게 되면 이번엔 상상력을 발휘하여 유토피아를 만드는데, 사람이 갈 수 없는 곳에 그것을 기탁하기도 하고 헤아릴 수 없이 먼 훗날로 그것을 연기하기도 한다. 플라톤Platon의 『국가』 이후로 서양의 철학자들 중 그런 생각을 한 사람은 부지기수이다. 예로부터 지금까지 그러한 평화의 징조는 결코 없었지만, 평화의 도래를 고대하며 동경하는 목표를 간절히 바라기를 하루도 그치지 않았으니, 이 또한 인간 진화의 한 요소인가? 우리 중국의 지혜를 사랑하는 선비들은 유독 서양과 달라서, 저 멀리 요순堯舜 시대에 관심을 기울이거나 태고 시절로 돌

20

아가 사람과 짐승이 뒤섞여 있는 세상에서 노닐면서, 그때는 어떤 재앙도 없었고 사람이 그 타고난 모습대로 편안히 살았으며 지금 세상처럼 추악하고 위험하여 살아갈 수 없는 상태가 아니었다고 한다. 그 설을 인류 진화의 역사적 사실에 비추어보면 사실과 완전히 배치된다. 대개 옛날 사람들은 여기저기 흩어져 유랑 생활을 하였던바, 그 다툼과 수고가 지금보다 심하지는 않았다 해도 지금보다 덜하지도 않았음이 분명하다. 기나긴 시간이 지났고 역사 기록이 남아 있지 않으며 땀자국과 피비린내가 모두 없어졌으므로, 추측에 의지하여 그때는 지극히 만족스럽고 안락했던 것 같다고 생각하는 것일 따름이다. 만약 그를 그때로 돌려보내 옛날 사람들과 우환을 같이하게 한다면, 낙담한 나머지 다시 반고*가 태어나기 이전의, 아직 개벽이 되지 않은 세상을 그리워할 것인바, 이는 필연적인 일이다. 그러므로 그런 생각을 하는 자는 희망도 없고, 향상도 없고, 노력도 없으니, 서양 사상과 비교하면 물과 불처럼 상극을 이룬다. 자살함으로써 옛날 사람들을 따를 것이 아니라면 평생토록 더 이상 희망도 없고 할 일도 없게 되니, 모범이 될 만한 목표로 사람들을 이끌어도 속수무책으로 크게 한탄이나 하며 정신과 육체

* 반고盤古는 중국 신화에 나오는 최초의 창조신이다. 천지가 생기기 전에 반고가 나타났고 반고의 시체로부터 만물이 생성되었다고 한다.

가 함께 타락하게 될 따름이다. 또한 옛 사상가들의 말을 더욱 깊이 헤아려보면, 그들이 결코 중국을, 오늘날의 사람들이 과장하는 것처럼 낙토樂土로 여기지는 않았다는 것을 알게 될 것이다. 그들은 단지 자신이 나약하여 할 수 있는 일이 없다는 것을 알았고, 그리하여 오직 세속을 벗어나고자 하였으며, 옛 나라에 넋을 빼앗겨 사람들을 벌레로 짐승으로 떨어뜨려놓고 자신은 은거해버리고 말았던 것이다. 그런 사상가들을 사회에서는 칭찬하며 고상한 인물이라고들 하지만, 이는, 나는 벌레요 짐승이오 나는 벌레요 짐승이오,라고 자인하는 것이다. 그렇지 않은 자들은 학설을 세워 사람들을 고박古朴함으로 돌아가게 하려 했는데, 노자老子의 무리가 대체로 그중 뛰어났다. 노자가 쓴 오천 자*는 그 요점이 사람의 마음을 어지럽히지** 않는다는 데 있다. 사람의 마음을 어지럽히지 않으려 하기 때문에 반드시 먼저 자신이 '고목槁木'의 마음을 이루고, 무위지치無爲之治를 세운다. 무위지위無爲之爲로써 사회를 교화시키면 세상이 태평해진다는 것이다. 그 방법은 훌륭하다. 그러나 어찌하랴, 성운

---

* 오천 자는 노자의 저서로 알려진 『노자도덕경老子道德經』을 가리킨다.
** 원문은 '攖'이다. 건드려서 움직이고 어지럽힌다는 뜻. 『장자』에 "노담이 말하기를, 그대는 삼가 사람의 마음을 어지럽히지 말라老聃曰, 女愼無攖人心" "옛날에 황제가 처음으로 인의로써 사람의 마음을 어지럽혔다昔者黃帝始以仁義攖人之心"라는 구절이 있다.

이 응결하고 인류가 탄생한 이후로 생존경쟁으로부터 자유로운 시대나 생물은 없었으며, 진화가 혹 멈출 수는 있어도 생물이 본래의 상태로 돌아갈 수는 없는 것을. 전진을 거스르면 세력은 영락해버리고 마는 것이니, 세계 내에 그 실례는 지극히 많아, 오래된 나라를 한번 훑어보기만 해도 증거를 충분히 발견할 수 있다. 진실로 인간을 짐승이나 벌레, 초목, 그리고 원시생물로 차츰 돌아가게 하고 더 나아가서는 무생물로까지 돌아가게 할 수 있다면, 우주는 스스로 광대한데 생물은 이미 소멸하여 일체가 허무로 변할 것이니 오히려 지극히 깨끗하지 않겠는가. 그러나 불행히도 진화는 날아가는 화살과 같은 것, 떨어지지 않고서는 멈추지 않고 사물에 부딪히지 않고서는 멈추지 않으니, 거꾸로 날아가 활시위로 되돌아가기를 바란다 해도 그것은 이치상 불가능한 것이다. 이것이 인간 세상이 슬픈 이유이며 악마파가 위대한 까닭이다. 인간이 그 힘을 얻는다면, 발전하고 확산하고 향상하여 인간이 닿을 수 있는 극점에 도달할 것이다.

중국의 정치는 어지럽히지 않는 데에 이상理想을 두었지만, 그 뜻은 위의 주장과는 달랐다. 사람이 다른 사람을 어지럽히거나 다른 사람에게 어지럽힘 당하는 것을 제왕이 크게 금한 것은 그 의도가 왕위의 보전에 있었으니, 천세 만세 자손에게 왕위를 물려주어 중단되지 않게 하려는 것이었다. 그래서 천재Genius가 나타나면 반드시 있는 힘을 다해 죽였

다. 다른 사람이 나를 어지럽히거나 내가 다른 사람을 어지
럽히는 것을 백성들이 크게 금한 것은, 그 의도가 평안한 삶
에 있었으니, 차라리 몸을 움츠린 채 쇠락할지언정 진취를
싫어했다. 그래서 천재가 나타나면 반드시 있는 힘을 다해
죽였다. 플라톤은 상상의 국가를 세우면서, 시인은 정치를
어지럽히므로 나라 밖으로 추방해야 한다고 했다. 국가의
좋고 나쁨과 뜻의 높고 낮음에 차이가 있기는 하지만 그 방
법은 실제로 하나에서 나오는 것이다. 대개 시인이란, 사람
의 마음을 어지럽히는 자이다. 평범한 사람의 마음에도 시
가 없을 수 없으니, 시인이 시를 짓는 것과 다르지 않다. 시
는 시인의 전유물이 아니다. 시를 읽고 마음으로 이해하는
사람은 그 자신에게도 시인의 시가 있는 것이다. 그렇지 않
다면 어떻게 이해할 수 있겠는가? 시가 있기는 하지만 말로
표현하지 못할 뿐인데, 시인이 대신 말로 표현하면 채를 잡
고 퉁기자마자 마음속의 현이 즉시 공명하고, 그 소리가 영
부靈府에까지 울려 모든 생명체로 하여금 아침 해를 바라보
듯 고개를 들게 하고, 더 나아가서는 그로 인해 아름다움과
웅위함과 강력함과 고상함이 발양되니, 더러운 평화가 그럼
으로써 파괴될 것이다. 평화가 파괴되면 인도人道가 흥성한
다. 위로는 황제에서 아래로는 노예에 이르기까지, 그로 인
해 이전까지의 삶이 변화되지 않을 수 없다. 따라서 협력하
여 그렇게 되는 것을 막고 옛 상태를 영원히 보존하고자 하

는 것 또한 인지상정이라 할 수 있다. 옛 상태가 영원히 존속되는 것을 오래된 나라[古國]라 한다. 다만 시詩는 완전히 멸할 수는 없는 것이므로 규범을 만들어 거기에 시를 가둔다. 중국의 시를 예로 들면, 순舜 임금은 언지言志라 했고,* 후세의 현자는 사람의 성정性情을 잡아두는[持] 것이라는 이론을 세웠으며,** 『시경詩經』의 시 삼백 편의 뜻은 무사無邪라는 말로 요약되었다.*** 이미 뜻을 말했는데 어떻게 다시 그것을 잡아둔다는 것인가?**** 강요된 무사는 사람의 뜻

* 뜻을 말한다는 의미. '언지'는 『서경』에 나오는 말인데, 이 말이 나오는 『서경』의 판본 『고문상서』는 4세기 때 나온 책으로 위작僞作임이 밝혀졌다.
** '지인성정持人性情'은 6세기의 문학평론서 『문심조룡文心雕龍』에 나오는 말. "시자지야, 지인성정詩者持也; 持人性情"이라고 쓰여 있다. '시라는 것은 잡아두는 것이다, 사람의 성정을 잡아둔다'라고 옮길 수 있다. 비슷한 말이 작자 미상의 한나라 때의 책 『시위함신무詩緯含神霧』에 먼저 나왔다고 하는데, 거기에는 "시자, 지야, 지기성정, 사불폭거야詩者, 持也; 持其性情, 使不暴去也"라고 되어 있다. '시라는 것은 잡아두는 것이다, 그 성정을 잡아두어 난폭해지지 않게 한다'라고 옮길 수 있다.
*** 『문심조룡』에는 '지인성정' 구절에 바로 이어서 "삼백지폐, 의귀무사三百之蔽, 義歸無邪"라고 쓰여 있다. '삼백 편을 요약하면 그 뜻이 무사로 귀결된다'라고 옮길 수 있다. '사무사'는 원래 논어에 나오는 공자의 말이다. "시삼백, 일언이폐지왈, 사무사詩三百, 一言以蔽之曰, 思無邪"라고 되어 있다. '시경에 실린 시 삼백 편은 한마디로 요약하면 생각함에 삿됨(사특함, 거짓)이 없다'라고 옮길 수 있다. '사무사'라는 말은 유교적 문학관의 핵심이 되는데, 물론 그 해석은 여러 가지로 달라질 수 있다.
**** 한자 詩는 言과 寺를 결합한 것인데, 言은 언어라는 뜻이고 寺는

이 아니다. 그것은 자유를 채찍과 고삐 아래 두려는 것과 비슷하지 않은가? 그런데 그 뒤의 문장들은 과연 엎치락뒤치락하면서 그 한계를 넘지 않았다. 주인을 칭송하고 귀족에게 아첨하는 작품은 두말할 나위도 없다. 간혹 마음이 벌레와 새에 반응하고 감정이 숲과 샘물을 느껴 시어詩語*로 나타나기도 했지만 역시 대부분은 무형의 감옥에 갇혀 천지지간의 참된 아름다움을 표현하지 못했고, 그렇지 않으면 세상사에 비분강개하고 이전의 현자들을 그리워하는, 있어도 그만 없어도 그만인 작품들이 그런대로 세상에 유행했다. 겁이 나서 머뭇거리는 가운데 우연히 남녀 간의 사랑을 건드리게 되면 유학자들이 입을 모아 비난한다. 그러니 변하지 않는 풍속에 강력히 반대하는 말이 어찌 될지는 자명하지 않은가? 오직 굴원屈原이 죽음을 앞두고 머릿속 생각이 파도처럼 일어나 멱라수와 통했으니, 조국을 돌아보고 인재가 없음을 슬퍼하며 애원哀怨을 토로하여 기문奇文을 지었

持, 즉 '손으로 붙잡아 못 가게 하다'라는 뜻이다. 여기서 寺는 절temple이라는 뜻이 아니다. 문자학적 해명에 의하면, 寺는 持의 본래 자이다. 나중에 寺가 관청이라는 뜻으로 쓰이게 되자 寺는 持로 대체되었다. 寺가 절이라는 뜻을 갖게 되는 것은 더 나중의 일이다. 그러므로 지인성정설이 詩를 잡아둔다는 뜻과 관련지어 풀이한 것은 일리가 있다 하겠는데, 다만 잡아두는 대상을 사람의 성정으로 설정한 것은 부적절하다고 여겨진다.
* 원문은 '韻語'다.

다. 망망한 물 앞에서 거리낌을 모두 버리고, 세속의 혼탁함을 원망하고 자신의 뛰어난 재능을 칭송하였으며, 태고 때부터 만물의 쇄말瑣末에 이르기까지 모든 것을 회의하며 거리낌 없이 말을 하였으니, 이는 이전 사람들이 감히 말하지 못했던 것들이었다. 그러나 그중에는 역시 아름다운 소리와 슬픈 소리가 많고 반항과 도전은 작품이 끝나도록 발견되지 않는바, 그런 까닭에 후세 사람들을 감동시키는 힘이 강하지 못했다. 유협*은, 재능이 높은 자는 그 웅장한 체재를 따랐고, 재주가 보통인 자는 그 아름다운 말을 취했으며, 읊조리는 자는 그 산천山川을 감상했고, 처음 배우는 자는 그 향초香草의 비유를 흉내 냈다고 했는데, 그들은 모두 외관만을 보고 본질에 접하지 못한 것이며, 위대한 시인이 자결했어도 사회는 변함이 없는바, 이 네 구절에는 깊은 슬픔이 담겨 있다. 그러므로 위대하고 아름다운 소리가 우리의 귀청을 울리지 못하는 것 또한 오늘 처음 시작된 것이 아니다. 대체로 시인이 노래를 불러도 백성들은 그것을 좋아하지 않는다. 살펴보자면, 문자가 생긴 이래 지금까지 시종詩宗과 사객詞客 중에서 훌륭한 소리를 지어 그 영감을 전해줌으로써 우리의 성정을 아름답게 만들고 우리의 사상을 숭고하

---

* 劉勰. 『문심조룡』의 저자. 여기에 인용된 구절은 『문심조룡』「변소辨騷」편에서 따온 것이다.

게 만들어준 자가 과연 몇이나 되는가? 아무리 찾아보아도
거의 없다. 단지 이 역시 그들을 나무랄 수만은 없다. 사람
들의 마음에는 실리實利라는 두 글자가 새겨져 있어서, 그것
을 얻지 못하면 애를 쓰고 그것을 얻고서야 편히 잠드는 것
이다. 격렬한 소리가 있다 해도 어떻게 그런 마음을 어지럽
힐 수 있겠는가? 무릇 마음이 어지럽혀지지 않는 것은 말라
죽어서가 아니면 위축되어서인데, 더욱이 실리에 대한 생각
이 속에서 뜨겁게 타오르니 더 말할 나위도 없다. 이利라는
것은 지극히 비열한 것이어서 논할 가치도 없지만, 그것이
차츰 비겁과 인색으로, 후퇴와 공포로 변하게 되면 옛날 사
람들의 소박함은 없어지고 말세의 각박함만 남게 되는 것은
필연적인 추세인바, 이 역시 옛 철인들이 생각지 못했던 것
이다. 무릇, 시로써 사람의 성정을 움직여 참되고 올바르고
아름답고 위대하고 강력하고 과감하게 변화시킨다고 말하
면 듣는 사람은 그 터무니없음을 비웃을는지 모르지만, 그
일은 형체가 없고 효과가 금세 나타나지 않는 것이다. 명확
한 반증을 하나 들자면, 예전에 있었던 나라가 외적에게 멸
망당한 일을 예로 드는 것이 제일 적합할 것이다. 무릇 그러
한 나라는 대개 채찍질하고 묶어놓기가 짐승보다 쉬울 뿐만
아니라 그 후인들을 어지럽히고 흥기시키는 침통하고 우렁
찬 소리가 없다. 간혹 있다 해도 받아들이는 자가 여전히 그
소리에 움직이지 않고, 상처의 아픔이 줄어들면 다시 생계

를 유지하는 데 급급하고, 목숨을 보전하는 데만 관심을 두지 비천함에 대해서는 근심하지 않으며 다시 외적이 침입하면 패망으로 이어진다. 그런 까닭에 투쟁하지 않는 민족이 투쟁하기를 좋아하는 민족보다 전쟁을 겪는 일이 많은 법이고, 또한 고개를 들고 죽음을 각오하는 민족보다 죽음을 두려워하는 민족이 영락하고 멸망하는 일이 많은 법이다.

1806년 8월 나폴레옹이 프로이센군을 크게 격파하자, 이듬해 7월 프로이센은 항복하고 종속국이 되었다. 그러나 그때 독일 민족은 비록 패망과 굴욕을 당했지만 옛날의 빛나는 정신은 굳게 보존되었고 무너지지 않았다. 그리하여 에른스트 아른트E. M. Arndt라는 자가 나와 『시대의 정신Geist der Zeit』을 지어, 위대하고 장려한 필치로 독립과 자유의 소리를 선양하자 국민들은 그것을 듣고 적개심을 크게 불태웠다. 적이 알아차리고 엄중히 조사하자 그는 스위스로 달아났다.* 1812년에 이르러 나폴레옹이 모스크바의 혹한과 대화재로 인해 좌절하고 파리로 도망쳐 돌아오자 유럽 땅은 구름처럼 술렁이고 반항군이 다투어 일어났다. 이듬해, 프로이센 국왕 프리드리히 빌헬름 3세가 명령을 내려 국민군을 소집하고 자유·정의·조

---

* 에른스트 아른트가 간 곳은 스웨덴이었다. 루쉰이 스위스라고 쓴 것은 착오로 보인다.

국 세 가지를 위한 전쟁을 선언하였다. 꽃다운 나이의 학생·시인·예술가 들이 전쟁터로 달려갔다. 아른트도 귀국하여 「국민군이란 무엇인가」와 「라인은 독일의 강이지 국경이 아니다」 두 편을 지어 청년들의 의기를 고무했다. 그리고 의용군 중에 테오도어 쾨르너Theodor Körner라는 사람은 개연히 붓을 던지고 예나국립극장 시인의 직위를 사임하고 그 부모와 애인을 이별하고 무기를 들고 나섰는데, 부모에게 편지를 써 보내며 이렇게 말했다. "프로이센의 독수리는 이미 세찬 날갯짓과 참된 마음으로 도이치 민족의 대망大望을 깨달았습니다. 저의 시는 모두 조국을 위해 마음을 쏟습니다. 저는 모든 행복과 환락을 버리고 조국을 위해 전사할 것입니다. 아아! 저는 신의 힘으로 큰 깨달음을 얻었습니다. 우리 나라 사람들의 자유와 인도人道의 올바른 도리를 위하여 희생하는 것보다 무엇이 더 위대하겠습니까? 뜨거운 힘이 제 마음에서 무한히 용솟음치고, 저는 일어났습니다!" 그 뒤에 나온 시집 『수금竪琴과 검Leyer und Schwert』 또한 이러한 정신으로 드높은 소리를 빚어내고 있는바, 책을 펼쳐 읽노라면 혈맥이 팽창한다. 그런데 당시에 이와 같은 열정과 각성을 품었던 사람은 쾨르너 한 사람에 그치지 않았다. 모든 독일 청년들이 다 그러했다. 쾨르너의 소리는 곧 전 독일인의 소리였으며, 쾨르너의 피 또한 곧 전 독일인의 피였다. 따라서 추론컨대 나폴레옹을 물리친

것은 국가도 아니고 황제도 아니고 군대도 아니고, 오직 국민이었던 것이다. 국민이 모두 시를 가졌고 또 모두 시인의 자질을 가지고 있었으므로 독일은 끝내 멸망하지 않았던 것이다. 공리功利를 고수하고 시가詩歌를 배척하며, 다른 나라에서 이미 못쓰게 된 무기를 가져다 의식주를 지키려는 자들이 어찌 거기까지 생각이 미칠 수 있겠는가? 그러나 그 또한, 시의 힘을 쌀과 소금에 비유함으로써, 실리를 숭상하는 선비들을 놀라게 해 황금과 흑철黑鐵로는 국가를 부흥시키기에 단연코 부족하다는 것을 깨닫게 해주는 데 불과할 따름이고, 독일과 프랑스 두 나라의 외형 또한 우리 나라가 그대로 모방할 수 있는 것이 아니다. 그 내적 본질을 보여주고, 조금이나마 깨닫는 바가 있기를 바랄 따름이다. 이 글의 본의는 바로 여기에 있지 않은가.

3

　순문학의 입장에서 말하자면, 모든 예술의 본질은 그것을 보고 듣는 사람에게 감흥과 희열을 불러일으키는 데 있다. 문학〔文章〕은 예술의 일종이고, 그 본질 또한 당연히 그러하므로, 개인이나 국가의 존망과 관계가 없고 실리實利와 거리가 멀며 이치를 따지지 않는다. 그런 까닭에 그 효용은 지식을 증대시키는 데는 역사책만 못하고, 사람을 훈계하는 데는 격언만 못하고, 부를 이루는 데는 공업이나 상업만 못하고, 공명을 떨치는 데는 졸업장만 못하다. 그렇지만 세상에는 특별히 문학이 있고 그럼으로써 사람들은 거의 완전해졌다고 생각한다. 영국인 에드워드 다우든E. Dowden은 다음과 같이 말했다. "뛰어난 예술과 문학 중에는 보고 읽은 뒤에도 인간에게 별 도움 되는 바가 없는 듯한 것이 왕왕 있다. 그러나 우리가 즐겁게 보고 읽는 것은 바다에서 헤엄치는 것과 같으니, 눈앞에 펼쳐진 드넓은 바다에서 파도 속을 헤엄쳐 다니다가 수영이 끝나고 나면 정신과 육체 모두에 변화가 생겨난다. 바다는 실로 파도가 이는 곳일 뿐, 마음이 있는 곳도 결코 아니요, 교훈이나 격언이라고는 단 한 가지도 주는 바가 없다. 그렇지만 헤엄치는 사람의 원기와 체력은 그로 인해 급격히 증대된다." 그러므로 삶에 대한 문학의 효용은 의식주나 종교, 도덕보다 결코 못하지 않다. 대개 인간은 천지지간에서 자각적으로 열심히 일하기도 하지만 때로는 자아를 상실하고 실의에 잠기기도 하며, 생계를 위해 노력하기도 하지만 때로는 생계의 일도 잊고 쾌락에 빠지기도 하며, 현실의 세계에서 활동하기도 하지만 때로는 이상의 세계에 정신을 빼앗기기도 한다. 그 어느 한쪽에만 힘을 쏟는다면 그것은 완전하지 못한 것이다. 추운 겨울이 영원히 계속되고 봄기운은 오지 않으며, 육신은 살았으되 정신과 영혼은 죽어버리고, 사람은 비록 살아 있다 해도 삶의 도리는 상실된다. 문학의 불용지용不用之用이 바로 여기에 있지 않은가? 존 스튜어트 밀은, 근세의 문명은 과학을 수단으로 하고 합리를 정신으로 하며 공리를 목적으로 하지 않는 것이 없다고 했다. 대세가 이러한데도 문학의 효용은 더욱 신비스럽다. 그 까닭은 무엇인가? 우리의 상상력*을 함양할 수 있기 때문이다. 인간의 상상력을 함양하는 것이 문학의 직분이며 효용이다.

그 밖에도 문학이 할 수 있는 것으로 특수한 효용이 하나 더 있다. 대개 세계의 위대한 문학은 삶의 비의를 드러내지 않는 것이 없는바, 그 사실과 법칙을 직접 말해주는 일은 과학이 하지 못하는 것이다. 이른바 비의라는 것은 삶의 진리, 바로 그것이다. 진리는 미묘하고 유현幽玄하여 말로써 학생에게 알릴 수 있는 것이 아니다. 아직 얼음을 본 적이 없는 열대지방 사람에게 얼음에 대해 말해주면서 물리와 생리라는 두 가지 학문으로 설명한다 해도 물이 얼 수 있다는 것이나 얼음이 차갑다는 것을 알지 못하는 것과 마찬가지이다. 직접 얼음을 보여주고 그것을 만져보게 해주면, 질량과 에너지라는 두 가지 성질에 대해 말하지 않아도 얼음 자체가 환히 눈앞에 있으므로 의심할 필요 없이 직접 이해하게 될

* 원문은 '神思'이다.

것이다. 문학 또한 그러해서, 세밀한 판단과 조리 있는 분석은 학술만큼 논리적으로 엄밀하지 못하지만 삶의 진리가 그 언어 속에 직접 포함되어 있으므로 그 소리를 듣는 사람은 마음이 탁 트이고 삶과 직접 만나게 된다. 열대지방 사람이 얼음을 보게 되면, 전에는 아무리 연구하고 사색해도 깨우치지 못하던 것이 당장 분명해지는 것과 마찬가지인 것이다. 옛날에 매슈 아널드M. Arnold가 시를 삶의 비평〔評騭〕이라 한 것 역시 바로 이런 의미이다. 옛 사람들은 호메로스Homeros 이래의 위대한 문학을 읽으면서, 시에 접근할 뿐만 아니라 스스로 삶과 만나고 거기에 존재하는 장점과 결함을 역력히 보고 원만함으로 나아가기 위해 더욱 힘을 기울였다. 이러한 효과에는 교육적 의의가 있다. 교육이 됨으로써 문학은 삶을 이롭게 한다. 그 교육은 더 이상 일반적인 교육과는 같지 않아서, 자각하여 용맹하게 떨쳐 일어나고 힘써 나아가는 것自覺勇猛發揚精進, 문학은 실로 그것을 보여준다. 무릇 영락하고 퇴락한 나라들은 모두 다 이러한 교육에 귀를 기울이지 않은 데서 비롯되었다.

사회학의 입장에서 시를 바라보는 사람은 또 다르게 주장하는데, 요점은 문학과 도덕의 상호 관계에 있다. 시에는 주요 성분이 있다고 하고, 그것을 관념의 진실이라고 부른다. 그 진실이란 무엇인가? 시인의 사상감정과 인류의 보편적 관념이 일치되는 것이라고 한다. 진실을 얻으려면 어떻게 해야 하는가? 지극히 넓은 경험에 의거해야 한다고 한다. 그런 까닭에 의거하는 바 사람들의 경험이 넓으면 넓을수록 시도 넓어진다고 본다. 소위 도덕이란 인류의 보편적 관념에 의해 형성되는 것일 뿐이다. 따라서 시와 도덕의 관계는 그 이치가 대개 자연에서 나온다. 시가 도덕과 합치되면 바로 관념의 진실이 되는바, 생명이 여기에 있고 영원이 여기에 있다. 그렇지 않은 것들은 반드시 사회의 규범과 배치된다. 사회의 규범과 배치되므로 반드시 인류의 보편적 관념에 반反하며, 보편적 관념에 반하므로 반드시 관념의 진실을 얻지 못한다. 관념의 진실을 상실하면 그 시는 당연히 죽는다. 따라서 시의 죽음은 항상 반反도덕 때문이다. 그런데 시가 도덕에 반하면서도 끝내 존재하는 것은 무엇 때문인가? 일시적 현상일 뿐이라고 말한다. 사무사라는 설은 실로 여기에 부합된다. 만약 중국에 문예 부흥의 날이 온다면 이 설을 내세워 그 싹을 자르려는 자가 무리를 지어 나타날 것이 우려된다. 유럽의 비평가들 역시 대부분 이러한 설을 가지고 문학을 규제한다. 19세기 초, 세계는 프랑스혁명의 풍조에 동요하고, 독일, 스페인, 이탈리아, 그리스 등이 모두 떨쳐 일어나 옛 꿈으로부터 하루아침에 깨어났는데, 오직 영국만은 비교적 움직임이 없었다. 그러나 상층계급과 하층계급 사이에 갈등이 조성되고 때로 불평이 생겨나기도 했는데, 시인 바이런은 바로 이때 태어났다. 그 전의 월터 스콧W. Scott

등은 문장이 온당하고 상세한 것을 지향하여 구종교 및 구도덕과 극히 잘 어울렸다. 바이런에 이르러 옛 규범을 벗어나 소신을 솔직히 말했으니, 그 문장은 강건함과 저항, 파괴와 도전의 소리를 포함하지 않은 것이 없었다. 평화로운 사람들이 두려워하지 않을 수 있었겠는가? 그래서 그를 사탄이라고 불렀다. 그 말은 로버트 사우디R. Southey에게서 시작되어 뭇 사람들에게 퍼졌는데, 나중에는 확대되어 셸리P. B. Shelley 이하 여러 사람을 가리키는 말이 되었으며 지금까지도 폐기되지 않고 사용되고 있다. 사우디 역시 시인으로서, 당시 사람들의 보편적인 진실을 표현하는 시를 썼기 때문에 계관시인이 된 사람인데, 바이런을 강하게 공격했다. 바이런 역시 악성*으로써 반격하며 그를 시상詩商이라 불렀다. 저서로는 『넬슨전 The Life of Lord Nelson』**이 있는데 지금도 읽히고 있다.

『구약성경』의 기록에 의하면, 하느님이 7일 동안 천지를 창조하면서 마지막으로 흙을 빚어 남자를 만들고 아담이라 이름을 지었는데, 그가 쓸쓸해하는 것을 안타깝게 여겨 다시 그 갈비뼈를 뽑아 여자를 만들고 이브라 이름을 짓고서 모두 에덴에 살게 했다. 또 새와 짐승과 꽃과 나무가 있게

---

* 惡聲. 비판적이고 전투적인 위악적 언술. 루쉰 특유의 용어다.
** 정확한 원제는 'The Life of Horatio, Lord Viscount Nelson'이다.

하고 네 줄기 강이 흐르게 했다. 에덴에는 생명이라는 나무와 지식이라는 나무가 있었다. 하느님은 그 열매를 따 먹지 말라고 금하였는데, 악마가 뱀으로 변하여 이브를 유혹해, 그것을 따 먹게 했고, 그리하여 인간은 생명과 지식을 얻게 되었다. 하느님이 노하여 인간을 추방하고 뱀을 저주하자, 뱀은 배로 기어 다니며 흙을 먹고 살게 되었고, 인간은 생계를 위해 노동을 하게 된 데다 죽음의 운명을 갖게 되었다. 그 벌이 자손에게까지 미쳐, 그렇지 않은 사람은 없는 것이다. 영국의 시인 밀턴J. Milton은 일찍이 그것을 제재로 하여 『실낙원The Paradise Lost』을 쓰면서 하느님과 사탄의 싸움으로 광명과 암흑의 싸움을 비유하였다. 사탄의 모습은 지극히 흉악하고 사나웠다. 이 시가 나온 뒤로 사탄에 대한 사람들의 증오는 더욱 깊어졌다. 그러나 신앙을 달리하는 진단 사람의 입장에서 본다면, 아담이 에덴에서 사는 것은 조롱에 갇힌 새와 다를 바 없는 것으로서 무식하고 무지하여 오직 하느님에게만 복종하는 것이고, 악마의 유혹이 없었다면 인류는 생겨나지 않았을 것이다. 그러므로 세상의 사람들은 악마의 피를 이어받지 않은 자가 없는 게 당연하며, 인간 세상에 혜택을 준 것은 사탄이 처음인 것이다. 하지만 기독교도에게 사탄이라는 이름이 붙여지면, 마치 중국의 이른바 반도叛道*처럼, 사람들에게 배척당해 몸 두기조차 어려워지니, 분노할 줄 알고 싸움을 잘하며 활달하고 생각이 깊은 사람이 아니면 그것을 견딜 수가 없다. 아담과 이브는 낙원을 떠난 뒤 아들 둘을 낳았는데, 첫째가 아벨이고 둘째가 카인이다.** 아벨은 양을 치고 카인은 농사를 지어 그 수확을 하느님에게 바쳤다. 하느님은 기름기를 좋아하고 과일을 싫어하여, 카인이 바치는 것은 물리치고 거들떠보지도 않았다. 그래서 카인은 차츰 아벨과 다투게 되었고 마침내 아벨을 죽였다. 하느님은 카인을 저주하여 땅을 척박하게 만들고 그를 다른 지방으로 떠돌게 하였다. 바이런은 이 이야기로 시극詩劇을 지어 하느님을 강력히 비난했다. 기독교도들은 모두 분노하여, 신성을 모독하고 미풍양속을 해치며 영혼을 고갈시키는 시라면서 있는 힘을 다해 공격했다. 오늘날의 비평가들 중에도 이 같은 이유로 바이런을 비난하는 자들이 있다. 당시에는 토머스 무어Th. Moore와 셸리 두 사람만이 그 시의 아름다움과 위대함을 높이 평가했다. 독일의 대시인 괴테 역시 절세의 문장이면서 그것을 영국 문학 중에서 가장 훌륭한 작품으로 꼽았는데, 나중에 에커만J. P. Eckermann***에게 영어를 배우라고 권한 것은 그가 그 작품을 직접 읽기를 바랐기 때문이라고 한다. 『구약성경』은 또 다

---

* 정도正道에서 벗어났다는 뜻.
** 『구약성경』에서는 첫째가 카인이고 둘째가 아벨이다.
*** 『괴테와의 대화』의 저자. 괴테의 제자이며 괴테의 개인 비서 일을 맡기도 했다.

음과 같이 기록하고 있다. 카인이 떠난 뒤 아담은 아들 하나를 더 얻었고, 그로부터 수많은 세월이 흘러 인류가 더욱 번성하게 되자 사람들의 생각이 대부분 사악함을 띠게 되었다. 그래서 후회하게 된 하느님은 인류를 멸망시키려 하였다. 노아만은 하느님을 잘 섬겼기 때문에, 하느님은 그에게 고페르 나무로 방주를 만들어 노아의 가족과, 동식물을 각각 그 종류대로 태우게 했다. 드디어 40일간 주야로 큰 비가 내려 홍수가 나고 생물이 다 죽었지만 노아의 가족만은 무사하였고, 물이 빠진 뒤 다시 지상에 살면서 자손을 낳아 오늘에 이르기까지 끊어지지 않았다. 이야기가 여기에 이르면 하느님도 후회할 수 있다니 참 기이한 일이라는 생각과, 사람들이 사탄을 싫어하는 것도 이치로 보아 이상할 것이 없다는 생각이 들게 마련이다. 대개 노아의 자손들이 반항하는 자를 극력 배척하고 하느님을 섬기는 데 전전긍긍하며 조상의 유업을 계승하는 것은, 다시 홍수가 나는 날 하느님의 밀령을 받아 방주에서 살아남기를 바라는 것일 따름이다. 생물학자들의 말을 들어보면, 격세유전이라는 것이 있어서 생물 중에는 오래전의 조상을 닮은 특이한 품종이 나타나게 마련이다. 예를 들면 사람이 기르는 말 중에 제브라Zebra 비슷한 야생마가 생겨나곤 하는데 그것은 대개 길들여지기 이전의 모습이 지금 다시 나타난 것이다. 악마 시인의 출현도 그런 예의 하나이니 이상한 일이 아니다. 단지 뭇 말들이 그가 길들여지지 않은 것에 분노하며 무리를 지어 발길질을 해댄다는 것이 슬프고 탄식스러울 뿐이다.

〔중략〕

9

〔중략〕

이상 서술한 여러 사람들은 그 품성과 언행과 사유가, 종족이 다르고 환경이 많이 다른 탓으로 서로 다른 모습을 나타내지만, 강건하고 흔들리지 않으며 진실을 지킨다는 점, 뭇사람들에게 아첨하지 않고 구습에 순응하지 않는다는 점, 웅대한 소리를 내어 그 국민의 신생新生을 불러일으키고 그 나라를 천하에 위대한 나라로 만들려고 하는 점 등에서 실로 하나의 종파로 통일된다. 중국 땅에서 찾는다면, 누가 그들에게 비견될까? 무릇 중국은 아시아에 우뚝 선 나라로서 주변 나라들은 비길 바가 못 되게 선진 문명을 이루며 오연히 활보하였고 그리하여 더욱더 특별한 발달을 했다. 지금은 비록 영락하였지만, 그래도 서구와 대립하고 있으니 이는 그나마 다행이다. 생각건대 옛날부터 쇄국정책을 펴지 않고 세계의 대세와 접촉하며 사상을 만들어내고 날로 새로워지고자 했더라면 오늘날 세계에 우뚝 선 나라가 되어 다른 나라로부터 수치를 당하지 않고, 영광이 엄연하며, 황급히 변혁을 꾀하는 일도 없었을 것임을 미루어 짐작할 수 있다. 그러므로 그 위치를 한번 헤아려보고 그 당면 문제를 고찰해보면, 진단이라는 나라의 득과 실이 더욱 분명해질 것이다. 득이라 하면, 문화에 있어서 다른 나라의 영향을 받지 않고 스스로 특이한 광채를 갖추고 있는바, 근자에 비록 쇠퇴하였다고는 하지만 역시 세계적으로 보기 드문 일이다. 실이라 하면, 고립된 채 독선에 빠져 남과 비교하지 않다가 마침내 타락하여 실리를 추구하게 되었고, 그렇게 오랜 시간이 지난 뒤에는 정신이 몰락하여 새로운 힘에게 일격을 당하자 얼음이 녹아 쩍 소리를 내며 부서지듯 무너져버리고는 더 이상 일어나 저항하지 못한다. 더군다나 구습에의 감염이 심해 습관화된 눈으로 모든 것을 관찰하니 긍정이든 부정이든 잘못된 것이 대부분이다. 이것이 유신을 외치고서 이미 20년이 지났지만 여전히 중국에 새로운 소리가 나오지 못하는 이유이다. 그렇기 때문에 정신계의 전사戰士가 귀중하다. 18세기의 영국은, 사회는 허위에 습관화되어 있었고 종교는 천박함에 안주하고 있었으며 그 문학 또한 옛것을 모방하고 장식에 몰두하여 진실한 마음의 소리는 들리지 않았다. 그래서 철학자 로크가 먼저 나와, 정치와 종교의 누적되어온 폐단을 배격하고 사상과 언론의 자유를 제창하였는데, 혁명의 흥기는 그것에서 파종되었다. 문학계에는 농민 번스*가 스코틀랜드에서 태어나 전력을 기울여 사회에 저항했고 모든 인간의 평등**을 소리 높여 주장했는데, 권위를 두려워하지 않았고 재물에 굴복하지 않았으며 자신의 뜨거운 피를 뿌려 시어詩語*** 속에 쏟아부었다. 그러나 이 정신계의 위인은 사람들에게 사랑받는 인물이 되지 못하고 험난한 길을 헤매다가 결국 요절하고 말았다. 바이런과 셸리가 그를 계승하여 싸우고 저항한 것은 앞에서 서술한 바와 같다. 그 힘은 거대한 파도처럼 구사회의 기둥과 주춧돌을 직격했다. 그 여파가 널리 퍼져 러시아에서는 국민 시인 푸시킨을 낳았고, 폴란드에서는 복수復讐의 시인 미츠키에비치를 만들었으며, 헝가리에서는 애국 시인 페퇴피를 각성시켰다. 이 유파에 속하는 그 밖의 시인들도 여기서 다 말할 수 없을 만큼 많다. 바이런과 셸리는, 비록 악마라는 이름이 붙었지만, 역시 단지 인간일 따름이다. 그 동인들 역시 실은 악마파라고 부를 필요가 없다. 인간 세상에는 반드시 그런 사람들이 있는 법이다. 그들은 대개 열성熱誠의 소리를 듣고서 갑자기 깨달은 사람들이며, 그들은 대개 열성을 품어 서로 뜻이 맞는 사람들이다. 그러므로 그 생애도 몹시 비슷해

* 로버트 번스. 그의 시에 곡을 붙인 것이 그 유명한 「올드 랭 사인」이다.
** 원문은 '衆生平等'이다.
*** 원문은 '韻言'이다.

서, 대부분 무기를 들고 피를 흘렸다. 마치 검투사가 사람들의 눈앞에서 엎치락뒤치락하며 전율과 유쾌 속에서 그 격투를 구경하게 해주듯이. 따라서 사람들의 눈앞에서 피를 흘리는 자가 없다면 그것은 그 사회의 재앙이고, 있다 해도 사람들이 거들떠보지 않거나 더 나아가 그를 죽여버린다면 그것은 그 사회에 더욱 큰 재앙이어서 구제할 길이 없는 것이다!

지금 중국에서 찾아본다면, 정신계의 전사라 할 사람은 어디에 있는가? 지극히 진실한 소리를 내어 우리를 올바름과 아름다움과 강건함으로 이끌 사람이 있는가? 따뜻한 소리를 내어 우리를 황폐와 혹한으로부터 구출해줄 사람이 있는가? 조국이 황폐해졌는데 최후의 애가를 지어 천하에 호소하고 후손에게 물려줄 예레미야는 아직 나오지 않았다. 그런 사람이 태어나지 않았거나, 태어났지만 사람들에게 살해당했거나, 둘 중의 하나 혹은 둘 다일 터인데, 그리하여 마침내 중국은 적막해졌다. 육신의 일만 힘써 도모하고 정신은 날로 황폐해져가며, 새로운 물결이 밀려오는데 그것에 대응하지 못한다. 사람들이 모두들 유신을 말하는 것은 이제까지의 죄악을 자백하는 소리이며, 단지 회개하자고 말하는 것에 지나지 않는다. 생각건대 이미 유신을 하였고 희망 또한 그와 함께 시작되었으니 우리가 기대하는 것은 신문화를 소개하는 지식인들이다. 특히 지난 10여 년 동안 신문화의 소개가 끊이지 않았는데, 가지고 들어온 것을 살펴보면,

빵을 만들고 감옥을 지키는 기술 외에 다른 것이 없다. 그러므로 중국은 앞으로도 그 적막이 영원히 계속될 것이지만, 제2의 유신의 소리 또한 다시 일어날 것이니, 이는 이전의 일로 미루어보아 의심의 여지가 없는 것이다. 러시아 문인 코롤렌코V. Korolenko의 단편소설 「마지막 불빛」에 시베리아에서 노인이 어린아이에게 책 읽기를 가르치는 대목이 있다. 책 속에는 벚꽃과 꾀꼬리가 나오지만 시베리아는 너무 추워서 그런 것들이 없다고 했다. 노인은, 이 새는 벚나무에 앉아서 목을 길게 빼고 아름다운 소리를 내는 새라고 설명해줄 따름이다. 그러자 소년은 깊은 생각에 잠긴다. 그렇다, 소년은 적막 속에 있어서 그 아름다운 소리를 결코 들어본 적이 없지만, 그래도 선각자에 대한 설명은 들은 것이다. 그리고 중국에도 아직 선각자의 소리가 적막을 깨트리러 나타나지 않았다. 그러므로 우리도 역시 깊은 생각에 잠길 뿐이로다, 역시 오직 깊은 생각에 잠길 뿐이로다!

1907

작은 사건 하나*

내가 시골을 떠나 베이징으로 온 지도 어느새 벌써 6년이 되었다. 그동안 귀로 듣고 눈으로 본 이른바 국가의 큰 사건도 헤아려보면 꽤 많았다. 하지만 그것들은 내 마음속에 아무런 흔적도 남기지 않았다. 그 사건들이 나에게 미친 영향을 굳이 찾아내어 말해본다면, 단지 나의 나쁜 성질이 더욱 심해진 것뿐이다. 솔직히 말해서, 나는 날이 갈수록 더욱더 사람을 경멸하게 되었다.

그러나 작은 사건 하나만은 내게 큰 의미가 있었다. 나를 나쁜 성질에서 구출해준 그 작은 사건을 나는 지금도 잊지 못한다.

그것은 1917년 겨울, 북풍이 사납게 불던 날의 일이었다. 나는 먹고사는 일 때문에 이른 아침에 길을 나서야만 했다. 길에는 사람이 거의 보이지 않았다. 가까스로 인력거 한 대

---

* 루쉰의 첫 소설집 『외침吶喊』(1923)에 수록된 엽편소설. 원제 「一件小事」. 소설로 발표되었지만, 산문으로 봐도 된다고 판단해 이 책에 실었다.

를 잡고, 인력거꾼에게 S문으로 가자고 했다. 잠시 후 북풍이 잦아들자, 길 위의 먼지는 벌써 바람에 다 휩쓸려가 버렸고, 깨끗한 큰길만이 남겨졌다. 인력거꾼의 발걸음도 더욱 빨라졌다. S문에 거의 다 왔을 때, 갑자기 한 사람이 인력거 채에 걸리더니, 천천히 넘겨졌다.

넘어진 사람은 여자였는데, 머리는 희끗희끗하고 옷은 온통 낡아빠졌다. 그녀는 찻길가에서 갑자기 인력거 앞으로 가로질러 지나가려고 했다. 인력거꾼은 재빨리 길을 비켰지만, 단추를 채우지 않은 그녀의 낡은 무명 조끼가 바람에 날려 바깥으로 펼쳐졌고, 그래서 결국 인력거 채에 걸렸던 것이다. 다행히 인력거꾼이 조금 빨리 걸음을 멈췄기에 망정이지, 그러지 않았더라면 그녀는 크게 곤두박질쳐서 머리가 깨지고 피가 났을 것이다.

그녀가 땅바닥에 엎드려 있자, 인력거꾼도 발길을 멈추었다. 나는 그 할머니가 결코 다치지 않았다고 생각했으며, 또 아무도 보는 사람이 없었기 때문에, 그가 쓸데없는 일로 스스로 말썽을 일으켜 내 길을 늦추는 게 몹시 원망스러웠다.

그래서 나는 그에게 말했다. "괜찮군. 어서 갑시다!"

인력거꾼은 내 말을 들은 척도 하지 않고—어쩌면 아예 듣지 못했는지도 모른다—인력거를 내려놓고서, 그 할머니를 부축하여 천천히 일으키고, 팔을 붙잡아 똑바로 서게 한 뒤, 그녀에게 물었다.

"어떠세요?"

"넘어져서 다쳤네."

나는 생각했다. 당신이 천천히 넘어지는 걸 내 눈으로 봤는데 어떻게 다칠 수가 있어! 다친 척하는 것일 뿐이야. 정말로 가증스럽군. 인력거꾼은 쓸데없는 일을 해서 고생을 사서 하는 꼴이 되었으니, 이제는 네 일 네가 알아서 해라.

인력거꾼은 그 할머니의 말을 듣더니, 조금도 주저하지 않고, 여전히 그녀의 팔을 붙잡은 채, 한 걸음 한 걸음 앞으로 걸어갔다. 내가 이상한 생각이 들어서 얼른 앞쪽을 보니, 바로 거기에 파출소가 있었다. 큰 바람이 분 뒤여서 밖에는 아무도 보이지 않았다. 이 인력거꾼은 그 할머니를 부축한 채, 바로 그 큰 문을 향해 걸어가는 것이었다.

그때 나는 문득 이상한 느낌이 들었다. 그의 먼지투성이 뒷모습이 순식간에 커지는 느낌이었다. 그의 뒷모습은 갈수록 더 커져서 올려다봐야만 보일 정도가 되었다. 그리고 그는 나에게 점점 더 위압적인 존재로 변했고, 심지어는 내 가죽 외투 아래 숨어 있는 '왜소함'을 쥐어짜내려 했다.

나의 기력은 그때 아마도 굳어버렸나 보다. 나는 아무 움직임도 아무 생각도 없이 인력거에 앉아 있다가, 파출소에서 경찰 한 명이 나오는 것을 보고서야 인력거에서 내렸다.

경찰이 내게 다가와 말했다. "다른 인력거를 잡으세요, 이 인력거는 못 갑니다."

나는 아무 생각 없이 외투 주머니에서 동전을 한 움큼 꺼
내, 경찰에게 건네주며 말했다. "이걸 그 사람에게……"

바람은 완전히 멎었고, 길은 여전히 조용했다. 나는 걸으
면서 생각했다. 나 자신에 대해 생각한다는 게 거의 두렵기
까지 했다. 그 전의 일은 잠시 제쳐놓더라도, 동전 한 움큼
은 또 무슨 뜻이란 말인가? 그에게 상을 준다는 건가? 내가
인력거꾼을 재판할 수 있다는 말인가? 난 대답할 수 없었다.

이 사건은 지금까지도, 항상 기억이 난다. 그래서 나는 항
상 고통을 참고 견디며 나 자신에 대해 생각하려고 노력한
다. 지난 몇 년 동안의 문화적 업적과 군사적 공적에 대해
서는, 어렸을 때 읽었던 "공자 가라사대『시경』에 이르기
를……"과 마찬가지로, 한마디도 제대로 외우지 못한다. 하
지만 유독 이 작은 사건만은 늘 내 눈앞에 떠오르고, 어떤
때는 전보다 더 분명해지면서, 나를 부끄럽게 만들고, 나의
쇄신을 재촉하고, 또한 나의 용기와 희망을 북돋아준다.

1920. 7*

---

* 처음 소설집에 수록할 때 날짜 표기에 착오가 있었던 것 같다. 1919년
12월 1일 자『신보晨報』에 발표되었으니, 쓴 것은 그 이전이었을 것이다.
글 속에 베이징에 온 지 6년 되었다는 말이 나오는데, 이를 루쉰의 실제
이력에 맞추어보면 루쉰이 베이징에 온 것이 1912년이므로, 햇수를 어떻
게 세느냐에 따라 1917년이나 1918년이 된다. 그러므로 글 속에서 작은

『외침』서문*

　나도 젊은 시절에는 많은 꿈을 꾸었다. 후에 그 대부분을 망각해버렸지만, 그렇다고 해서 애석하게 생각하지는 않는다. 추억이라는 것은, 사람을 즐겁게 해줄 수 있다지만, 때로는 사람을 쓸쓸하게 만들기도 하는 것이다. 정신의 실 가닥을 가지고 이미 지나가버린 적막의 시간을 매어둔다 한들 무슨 의미가 있겠는가. 오히려 완전히 망각하지 못하기 때문에 괴로운 것인데, 완전히 망각하지 못한 한 부분이 지금에 와서『외침』의 유래가 되었다.

　나는 4년 남짓 동안 항상―거의 매일―전당포와 약방을 드나들었다. 당시의 나이는 잊었지만, 아무튼 약방의 계산대 높이가 내 키와 같았고 전당포의 그것은 내 키의 두 배나 되었는데, 나는 내 키의 배나 되는 계산대 밖에서 옷가

사건이 일어난 때로 언급된 1917년 겨울은 연초보다는 연말일 개연성이 더 커 보인다. 이렇게 보면 사건과 글쓰기 사이의 시차는 2년이 넘지 않는다고 할 수 있다.

* 루쉰의 첫번째 소설집『외침』의 서문.

지나 장신구를 들이밀고 모멸 속에서 돈을 받았고, 다시 내 키만 한 계산대를 찾아가 오랫동안 병환 중인 아버지를 위해 약을 샀다. 집으로 돌아온 뒤에는 또 다른 일로 바빠야 했다. 처방을 해준 의사가 매우 유명한 사람이었고 그래서 사용하는 보조약도 유달랐기 때문이다. 겨울철 갈대 뿌리, 3년간 서리 맞은 사탕수수 줄기, 짝짓기 때의 귀뚜라미, 열매 맺은 평지목*…… 대부분 구하기 힘든 것들이었다. 그러나 아버지는 날로 병세가 깊어져 끝내 돌아가시고 말았다.

그럭저럭 괜찮게 살다가 갑자기 궁핍한 처지로 떨어진 사람이라면, 그 과정에서 세상 사람들의 진면목을 볼 수 있으리라고 생각한다. 내가 N으로 가서 K학당에 들어가려 한 것은, 다른 지방으로 가서 다른 사람들을 만나고, 다른 길을 걷고 싶었기 때문인 듯하다. 어머니는 할 수 없이 8위안元의 여비를 마련해주며 내 뜻대로 하라고 하셨다. 그러나 어머니는 우셨는데, 충분히 그럴 만했다. 왜냐하면 당시에는 글을 배워 과거를 치르는 것이 정도正道였고, 소위 양학洋學을 공부하는 것은, 갈 곳 없는 사람이 양놈에게 영혼을 팔아먹고 마는 일로 여겨 한층 경멸하고 배척하는 것이 사회 통념인 데다가, 더구나 어머니는 자기 아들을 만날 수 없게 되기 때문이었다. 그러나 나는 그런 일들에 구애받을 수는 없

* 平地木. 자금우紫金牛라고도 한다. 작은 관목의 일종이다.

었으므로 마침내 N으로 가서 K학당에 들어갔고, 그 학당에서 비로소 세상에는 소위 물리학·수학·지리·역사·미술, 그리고 체육이 있다는 것을 알게 되었다. 생리학은 가르치지 않았지만, 우리는 『전체신론全體新論』*과 『화학위생론』 같은 것들의 목판본을 보았다. 나는 전에 그 의사가 말했던 것과 처방했던 것을 기억하고 있었는데, 새로 알게 된 것과 비교해보고서 한의는 의식적이거나 무의식적인 사기꾼에 지나지 않는다는 것을 차츰 깨닫게 되었고, 그와 동시에 사기당한 환자와 그 가족에 대해 깊은 동정심을 갖게 되었다. 또한 번역된 역사책을 통해 일본의 유신이 대부분 서양 의학에서 발단되었다는 사실도 알게 되었다.

이런 유치한 지식 때문에, 나중에 나는 일본 어느 시골의 의학 전문학교에 학적을 두게 되었다. 나의 꿈은 아름다웠다. 졸업하고 돌아가서 나의 아버지같이 잘못된 치료를 받고 있는 환자들의 고통을 치유해주고, 전쟁 때에는 군의관이 되며, 한편으로 유신에 대한 국민의 신념을 촉진시킬 준비를 하자. 미생물학의 교수법이 지금 얼마나 진보했는지 모르지만, 하여간 당시에는 환등기를 사용하여 미생물의 형상을 보여주었다. 그래서 때로 강의의 한 단락이 끝나고도 시간이 남게 되면 교수는 풍경이나 시사에 관한 필름을 학

---

* 영국인 선교사 벤저민 홉슨이 1851년에 한문으로 쓴 해부학 책.

생들에게 보여주는 것으로 남은 시간을 보냈다. 그때는 마침 러일전쟁 때였으므로, 자연히 전쟁에 관한 필름이 많은 편이었다. 나는 그 강당에서 학우들의 박수갈채에 늘상 동참해야 했다. 한번은, 필름에서, 갑자기 오랜만에 많은 중국인들을 만났다. 가운데에 한 사람이 묶여 있고 그 주위에 많은 사람들이 서 있는데, 건장한 체격이지만 마비된 표정을 하고 있다는 점에서 한결같았다. 해설에 의하면, 묶여 있는 사람은 러시아군의 스파이로서 일본군이 공개 처형으로 그 목을 베려는 것이고, 둘러싼 사람들은 그 공개 처형의 행사를 구경하러 온 사람들이었다.

그 학년이 끝나기 전에 나는 도쿄로 가버렸다.* 그 일 이후로, 의학은 결코 긴요한 것이 아니고, 무릇 어리석은 국민은 체격이 아무리 건강하고 튼튼하다 하더라도 무의미한 공개 처형의 재료나 구경꾼밖에 되지 못하며, 병들어 죽는 사람이 많다고 해도 그것을 불행이라고 할 것까지는 없다는 느낌이 들었기 때문이다. 그러므로 우리의 첫번째 임무는 그들의 정신을 개조하는 데 있고, 정신 개조에 효과적인 것은, 당시 내 생각으로는 당연히 문예를 꼽아야 하므로, 그리

---

* 환등기 사건은 1905년 가을 학기 중에 있었고, 센다이 의학전문학교 자퇴 처리는 1906년 3월 15일 자로 되어 있다. 도쿄로 간 것은 3월 20일 전후로 추정된다.

하여 나는 문예운동을 제창하자고 생각했다. 도쿄의 유학생들은 대부분 법학·정치학·물리학·화학, 그리고 경찰 업무나 공업을 배웠지, 문학과 미술을 공부하는 사람은 없었다. 그러나 냉담한 분위기 속에서도 다행히 몇몇 동지들을 찾아냈고, 그 밖에도 필요한 몇 사람을 더 모아서 상의한 결과, 제일보는 당연히 잡지를 내는 것이었다. 이름은 '새로운 생명'이라는 뜻을 취하기로 하였는데, 당시 우리는 대체로 복고적인 경향을 띠고 있었기 때문에 단지 『신생新生』이라 칭하기로 했다.

『신생』의 출판 시기가 다가왔지만, 그러나 먼저 원고를 맡은 몇 사람이 종적을 감추었고, 이어서 자본을 댈 사람도 달아나버려서 결과적으로 돈이라곤 한 푼도 없는 세 사람만이 남게 되었다. 시작할 때부터 이미 시류에 맞지 않았으므로, 실패했을 때 할 말이 없는 것은 당연한 일이었다. 그 뒤남은 세 사람마저 각자의 운명에 쫓겨, 한자리에 모여 미래의 아름다운 꿈에 대해 기탄없이 논의하지 못했다. 이것이우리의, 태어나지도 못한 『신생』의 결말이었다.*

내가 이제껏 겪어본 적 없는 허무감〔無聊〕을 느끼게 된 것은 그 이후의 일이었다. 처음에는 그 이유를 몰랐다. 나중에

---

* 『신생』의 계획은 1906년 4월에 시작되어, 1907년 여름에 결말이 난 것으로 추정된다.

생각해보니, 무릇 한 사람의 주장이 찬성을 얻으면 그 전진을 촉구하게 되고 반대에 처하면 그 분투를 촉구하게 되지만, 낯선 사람들 속에서 홀로 외쳤는데 그들에게서 아무런 반응이 없으면, 찬성도 반대도 없으면, 마치 끝없는 벌판에 선 것처럼 어찌할 도리가 없게 되니 이 얼마나 슬픈 일인가! 그리하여 나는 내가 느낀 것을 적막이라고 생각했다.

그 적막은 날로 자라나서, 마치 큰 독사처럼 나의 영혼을 휘감았다.

그러나 나는 끝없는 비애에 사로잡혀 있으면서도 전혀 분노하지 않았다. 그 경험이 나를 반성케 했고 스스로를 돌아보게 했기 때문이다. 나는 팔을 높이 들고 한번 외치면 그 외침에 응하는 자가 구름처럼 몰려드는振臂一呼, 應者雲集 그런 영웅이 결코 아니었던 것이다.

다만, 나 자신의 적막은 떨쳐버리지 않으면 안 되었다. 왜냐하면 그것이 내게 너무 고통스러웠기 때문이다. 그래서 나는 여러 가지 방법으로 자신의 영혼을 마취시키고서, 자신을 국민 속으로 함몰시켰고, 자신을 고대古代로 돌려보냈다. 그 뒤에도 몇 가지 더욱 적막하고 더욱 슬픈 일을 몸소 겪거나 곁에서 지켜보았는데, 하나같이 돌이켜보고 싶지 않은 것들로서 그것들을 나의 머리와 함께 기꺼이 땅속에 묻어 없애고 싶었다. 그러나 나의 마취법이 주효했던 모양이다. 청년 시절의 비분강개하던 심정은 더 이상 생겨나지 않았다.

S회관*에는 세 칸짜리 별채가 하나 있었는데, 그 앞뜰의 홰나무에서 옛날에 한 여자가 목을 매어 죽었다는 이야기가 전했다. 이제 홰나무는 사람이 올라갈 수 없을 만큼 높이 자랐지만, 그 별채에는 아직도 사는 사람이 없었다. 여러 해 동안 나는 그 별채에 기거하며 옛 비문碑文을 베껴 쓰고 있었다.** 객중이어서 찾아오는 사람도 별로 없었고, 옛 비문 속에서 무슨 문제나 주의主義***를 만날 일도 없었다. 그러면서 나의 생명은 암암리에 소멸되어가고 있었음이 분명한데, 그것이야말로 나의 유일한 희망이기도 했다. 모기가 극성을 부리는 여름밤에 부들부채를 부치며 홰나무 아래 앉아 빽빽한 잎 사이로 점점이 비치는 푸른 하늘을 올려다보노라면, 철늦은 홰나무 벌레가 한 마리씩 섬뜩하게 목덜미에 떨어지곤 했다.

* 사오싱회관紹興會館. 루쉰은 1912년 5월부터 1919년 11월까지 이곳에서 기거했다.
** 루쉰이 처음에 썼던 이 별채의 이름은 등화별관藤花別館이었다. 1916년 5월에 다른 별채인 보수서옥補樹書屋으로 옮겼으니, '쇠로 만든 방鐵屋子' 일화나 「광인일기」 집필은 보수서옥에서 이루어진 것 같다.
*** 1919년 여름 후스胡適가 '문제의 연구를 많이 하고 주의의 주장은 적게 하자'라고 주장한 데 대해 리다자오李大釗 등이 논박한, 이른바 '문제와 주의' 논쟁을 암시한다.

당시 이따금 찾아와 이야기를 나눈 사람은 옛 친구 진신 이金心異*였다. 손에 든 큰 가죽 가방을 낡은 책상 위에 내려 놓은 뒤, 장삼을 벗고 마주 앉는데, 개를 무서워하는 탓에 그때까지도 가슴이 두근두근 뛰는 것처럼 보였다.**

"이것들을 베껴 써서 어디에 쓰는 거죠?" 어느 날 밤, 그는 내가 필사한 옛 비문의 초본을 펼치면서 진지하게 질문을 했다.

"아무 쓸 데도 없소."

"그러면, 무슨 생각으로 베끼는 거죠?"

"아무 생각도 없소."

"내 생각으론, 당신이 글을 좀 써서 말예요……"

나는 그의 뜻을 알아차렸다. 그들은 『신청년』을 만들고 있었다. 그러나 당시에는 특별히 찬성하는 사람도, 반대하는 사람도 없는 것 같았다. 나는 그들이 적막을 느낀 것인지

---

* 첸쉬엔퉁錢玄同. 루쉰보다 6세 연하인 그는 언어학자로서 『신청년新青年』 편집위원 중의 한 사람이었다. 일본 유학 시절부터 루쉰과 교우를 가졌다. 린수林紓가 단편소설 「형생荊生」(1919)에서 신문학운동 멤버들을 가명으로 등장시키며 풍자하였는데, 이때 첸쉬엔퉁에게 붙여진 이름이 진신이었다. 1917년 8월 9일 첸쉬엔퉁이 루쉰을 찾아갔을 때 쇠로 만든 방 얘기를 처음 나누었고, 그 뒤로도 여러 차례 방문하며 루쉰을 설득했다고 한다. 루쉰은 1918년 1월부터 『신청년』 편집위원진에 합류했고, 4월에 「광인일기」를 탈고했다.

** 사오싱회관에서 기르는 개를 첸쉬엔퉁이 무서워했다.

도 모른다고 생각했다. 하지만 나는 말했다.

"가령 말이요, 쇠로 만든 방이 있다 칩시다, 창문은 하나도 없고 부순다는 것은 극히 어려운 일이오. 그 안에 많은 사람들이 깊이 잠들어 있는데, 머지않아 모두 숨이 막혀 죽을 거요. 하지만 혼수상태 속에서 죽어가는 거니까 죽음의 비애는 조금도 느끼지 않지. 지금 당신이 큰 소리를 질러서 비교적 정신이 있는 사람 몇 명을 깨운다면 말이오, 그 불행한 소수에게 돌이킬 수 없는 임종의 고통을 주게 될 텐데, 당신은 그들에게 미안하지 않겠소?"

"하지만 몇 사람이 일어난 이상, 그 쇠로 만든 방을 부술 희망이 전혀 없다고 할 수는 없죠."

그렇다. 내게는 내 나름의 확신이 있었지만, 희망에 대해 말하자면 그것은 말살해버릴 수가 없었다. 왜냐하면 희망은 미래에 속하는 것이어서, 내가 그런 것은 없다는 것을 증명함으로써 희망이 있을 수 있다는 그의 주장을 꺾는다는 것은 불가능하기 때문이었다. 그래서 나는 마침내 그의 요청에 응하여 글을 썼다. 그것이 바로 최초의 작품 「광인일기」이다. 그 뒤로, 일단 시작한 이상 돌이킬 수가 없는지라, 소설 비슷한 글을 써서 친구들의 부탁에 적당히 응하다 보니, 그동안 쌓인 것이 10여 편이 되었다.

나 자신으로 말하면 이제는 이미, 절박한 지경이 되어서도 말을 하지 못하는 사람이 결코 아니라고 생각하지만, 아마도 당시 내 적막의 비애를 잊지 못했기 때문이리라, 때로 나는 몇 마디 외침 소리를 지르지 않을 수가 없었다. 그 외침은 적막 속에서 치달리는 용사들을 조금이나마 위로해주고 그리하여 그들이 거리낌 없이 전진하도록 해주기 위한 것이었다. 나의 외침 소리가 용맹한 것인지 혹은 슬픈 것인지, 가증스러운 것인지 혹은 가소로운 것인지는 돌아볼 여유가 없었다. 하지만 외침인 이상, 당연히 지휘관의 명령을 들어야 했다. 그래서 나는 왕왕 곡필의 사용을 마다하지 않았다. 「약」에서 위얼瑜兒의 무덤 위에 아무런 근거 없이 화환을 가져다 놓았고, 「내일」에서도 산쓰單四 아주머니가 아들을 만나는 꿈을 꾸지 못했다고 쓰지 않았다. 당시의 지휘관이 소극적인 것을 주장하지 않았기 때문이다. 나 자신으로서도, 스스로 고통스럽게 겪었던 적막을, 내 청년 시절처럼 아름다운 꿈을 꾸고 있는 청년들에게 결코 다시 전염시키고 싶지 않았다.

이렇게 말하고 보니, 내 소설과 예술 사이의 거리가 멀다는 것을 알아차릴 수 있다. 그럼에도 지금까지 소설이라는 이름으로 불리고 있고, 심지어 책으로 묶는 기회까지 주어졌으니 어쨌든 요행한 일이라 하지 않을 수 없다. 다만, 요행이라는 것이 나의 마음을 불안하게 하기도 하는데, 이 세상에 잠시나마 독자가 있게 되리라 짐작되니 아무튼 기쁜 일이다.

그리하여 나는 나의 단편소설을 모아 인쇄에 넘기고, 또 위에서 말한 연유로 '외침'이라는 제목을 붙인다.

1922. 12. 3, 루쉰이 베이징에서 씀

노라는 집을 나온 뒤 어떻게 되었는가*
—1923년 12월 26일 베이징 여자고등사범학교 문예회 강연

오늘 저는 '노라는 집을 나온 뒤 어떻게 되었는가?'에 대해 말씀드리고자 합니다.

입센은 19세기 후반 노르웨이의 문인입니다. 그의 저작은, 몇십 편의 시 외에는 모두 극본입니다. 그 극본들 중 어느 한 시기의 것은 대체로 사회문제를 포함하고 있어 세간에서 '사회극'이라고도 부르는데, 그중 한 편이 「노라」**입

---

* 1924년 베이징 여자고등사범학교(뒤에 베이징 여자사범대학으로 개명)의 『문예회간文藝會刊』 제6기에 발표된 뒤 그 수정본이 같은 해 8월 1일 상하이의 『부녀잡지婦女雜誌』 제10권 제8호에 전재되었다. 원제는 「娜拉走後怎樣」. 제목은 '나온 뒤'라고 번역했지만, 본문에서는 문맥에 따라 '나간 뒤'라고 번역하기도 했다.

** 「인형의 집」은 1879년 헨리크 입센이 독일 체류 당시 노르웨이어로 쓴 작품으로, 노르웨이어 원제가 'Et Dukkehjem'이다. 1918년 6월 『신청년』 제4권 제6호의 입센 특집에서 붙인 제목이 '노라娜拉'였는데, 당시에는 '노라'와 함께 '괴뢰 가정'이라는 제목이 사용되기도 했다. 지금은 「인형의 집玩偶之家」으로 통용된다. 루쉰이 입센의 두 작품 「인형의 집」과 「바다에서 온 여인」의 원제를 독일어로 표기한 것이 흥미로운데, 루쉰은

60

니다.

「노라」는 일명 Ein Puppenheim으로, 중국에서는 「괴뢰가정傀儡家庭」이라고 번역했습니다. 하지만 Puppe는 조종되는 꼭두각시일 뿐만 아니라, 아이들이 안고 노는 인형이기도 하고, 확대 해석하면, 다른 사람이 시키는 대로 하는 사람이기도 합니다. 노라는 처음에 소위 행복한 가정에서 만족스럽게 살다가 깨닫게 됩니다. 자기가 남편의 꼭두각시이고 아이들은 또 그녀의 꼭두각시라는 것을. 그래서 그녀는 집을 나오는데, 단지 문 닫히는 소리만 들리고, 이어서 막이 내립니다. 생각건대 다들 아는 내용일 테니, 자세히 말할 필요가 없겠습니다.

노라는 어떻게 해야 집을 나가지 않을까요? 혹자는 말합니다, 입센 자신에게 답이 있다고, 바로 Die Frau vom Meer, 「바다에서 온 여인」, 중국에서 '바다의 부인海上夫人'이라는 제목으로 번역된 작품이 답이라고요. 이 여성은 이미 결혼을 했지만 결혼 전부터 바다 저편에 애인이 있었는데, 그가 어느 날 갑자기 찾아와서 그녀에게 함께 가자고 합니다. 그녀는 남편에게 알립니다. 외부에서 온 그 사람과 만날 거라고. 마지막에 그녀의 남편이 말합니다. "이제 당신을 완전히 자유롭게 해주겠소. (가든 안 가든) 당신이 스스로 선택할 수

일본어 외에도 독일어 번역이 가능했다.

있고, 또 스스로 책임을 져야 하오." 그리하여 모든 것이 다 변하고, 그녀는 가지 않습니다. 이렇게 보면, 노라도 그러한 자유를 얻었다면 가지 않고 편안하게 살 수 있었을지 모릅니다.

하지만 노라는 결국 집을 나왔습니다. 집을 나온 뒤 어떻게 되었을까요? 입센은 아무런 답을 하지 않았고, 게다가 이미 죽었습니다. 설사 죽지 않았다 하더라도, 그에게는 답을 할 책임이 없습니다. 왜냐하면 입센은 시를 지은 것이지, 사회를 위해 문제를 내고 대신 답하려 한 것이 아니기 때문입니다. 마치 꾀꼬리처럼, 그 자신이 노래를 부르려 했기 때문에 노래를 부른 것이지, 사람들이 재미있고 유익하게 들으라고 노래 부른 것이 아닙니다. 입센은 처세술이 몹시 서툴렀는데, 전해지는 바로는 많은 여성들이 모여 그를 초대한 파티에서, 「괴뢰 가정」을 써서 여성의 자각과 해방 같은 일들을 가지고 사람들의 마음에 새로운 계시를 준 데 대해 대표자가 일어나서 감사의 뜻을 표했을 때, 그는 이렇게 답했다고 합니다. "제가 그 작품을 쓴 것은 결코 그런 뜻이 아닙니다, 저는 단지 시를 지었을 뿐입니다."

노라는 집을 나온 뒤 어떻게 되었는가?—다른 사람들도 의견을 발표한 적이 있습니다. 한 영국 사람은 한 편의 희곡을 써서, 신식 여성이 가정을 나간 뒤 더 이상 갈 길이 없어졌고, 결국 타락하여 유곽으로 들어가게 되었다고 했습니다. 또 한 중국 사람은,―그를 뭐라고 부를까요? 상하이의 문학가라고 합시다―그가 본 「노라」는 현재의 번역본과는 달라서, 노라가 결국 돌아왔다고 했습니다. 그런 판본은 애석하게도 다른 사람은 아무도 본 적이 없으니, 입센 자신이 그에게 부쳐준 것일까요. 하지만 사리에 맞게 추론해보면, 정말로 노라에게는 타락하기 아니면 돌아오기라는 두 갈래 길만이 있을지도 모릅니다. 만약 한 마리 작은 새라면, 조롱 속에서는 물론 자유롭지 못하지만, 조롱 문을 벗어나자마자 바깥에는 매도 있고, 고양이도 있고, 이런저런 다른 것들도 잔뜩 있는 법인데, 만약 이미 날개가 마비될 정도로 갇혀 있어서 나는 법을 잊어버렸다면, 참으로 갈 수 있는 길이 없기 때문입니다. 한 갈래 길이 더 있다면, 그것은 굶어 죽는 것인데, 굶어 죽는 것은 이미 삶을 떠난 것이므로 더욱 문제가 되지 않고, 그래서 길이라고 할 수 없습니다.

삶에서 가장 고통스러운 것은 꿈에서 깨어나 보니 갈 수 있는 길이 없는 것입니다. 꿈을 꾸는 사람은 행복합니다. 만약 갈 수 있는 길을 찾아내지 못했다면, 가장 중요한 것은 그를 깨우지 않아야 한다는 것입니다. 생각해봅시다, 당나라의 시인 이하李賀는 한평생 곤궁했지 않습니까? 그런데 그는 죽음을 맞이했을 때, 오히려 자기 어머니에게 이렇게 말했습니다. "어머니, 하느님이 백옥루를 지어놓고, 저에게 낙성식의 글을 지으러 오라고 하시네요." 이 어찌 분명히 거짓이 아니고, 꿈이 아니겠습니까? 하지만 젊은 사람 하나와 늙은 사람 하나는, 죽는 사람 하나와 산 사람 하나는, 죽는 사람은 기쁘게 죽어가고, 산 사람은 마음 편히 살아갑니다. 거짓말과 꿈꾸기가, 이런 때에는 위대해 보입니다. 그래서 저는 생각합니다, 만약에 길을 찾지 못한다면 우리에게 필요한 것은 오히려 꿈이라고.

하지만 절대로 미래의 꿈을 꾸어서는 안 됩니다. 미하일 아르치바셰프는 그가 쓴 소설을 빌려, 미래의 황금 세계를 꿈꾸는 이상주의자들이 그 세계를 만들기 위해서 먼저 많은 사람들을 불러내 고통받게 하는 데 대해 질문한 적이 있습니다. 그가 말했습니다. "당신들은 황금 세계를 그들의 자손에게 약속해주었지만, 그들 자신에게는 무엇을 줍니까?" 있기는 있지요, 바로 미래의 희망 말입니다. 그렇지만 그 대가가 너무 커서, 그 희망을 위해서, 사람의 감각을 예민하게 만들어 자신의 고통을 더욱 아프게 느끼게 하고, 영혼을 불러내 자신의 부패한 시체를 목도하게 합니다. 오직 거짓말과 꿈꾸기만이, 이런 때에는 더욱 위대해 보입니다. 그래서 저는 생각합니다, 만약에 길을 찾지 못한다면 우리에게 필요한 것은 바로 꿈이라고, 하지만 미래의 꿈이 아니라 목전의 꿈이라야만 한다고.

그런데 노라는 이미 깨어났으니 꿈의 세계로 돌아가기가 몹시 어렵고, 그렇기 때문에 집을 나가야만 합니다. 그러나 집을 나온 뒤에는, 때로 타락하거나 돌아가는 것이 불가피하기도 합니다. 그렇지 않으면, 질문해야 합니다. 그녀는 각성한 마음 이외에 무엇을 더 가지고 가는가? 만약에 여러분들처럼 자홍색 털실 목도리 하나뿐이라면, 그 폭이 두 자든 석 자든 아무짝에도 쓸모가 없습니다. 그녀는 더욱 부유해야 하고 핸드백 안에 준비가 되어 있어야 합니다. 솔직히 말해서, 돈이 있어야 하는 것입니다.

꿈은 좋습니다. 꿈이 아니면, 돈이 중요합니다.

돈이라는 말은 듣기가 거북하고 고상한 군자들에게 비웃음을 살지도 모르지만, 저는 늘 느낍니다. 사람들의 의론이 어제와 오늘뿐만 아니라, 밥 먹기 전과 밥 먹은 후에도 항상 달라진다는 것을 말이죠. 무릇 밥을 살 돈이 필요하다는 것을 인정하면서도 돈을 말하는 것을 비루하다고 여기는 자는, 설혹 그자의 위胃를 눌러본다 해도 그 속에 아직 다 소화되지 않은 어육이 남아 있을지 모르니, 그를 하루 굶긴 뒤에 무슨 의론을 내는지 다시 들어봐야 합니다.

그러므로 노라를 위해서는 돈이,—고상하게 말합시다, 즉 경제가 가장 중요합니다. 자유는 물론 돈으로 살 수 있는 것이 아니지만, 돈 때문에 팔아버릴 수는 있습니다. 인류에게는 큰 결점이 하나 있는데, 그것은 바로 늘 배가 고프다는 것입니다. 이 결점을 보완하기 위해서, 꼭두각시가 되지 않을 준비를 하기 위해서, 목전의 사회에서는 경제권이 가장 중요해 보입니다. 첫째, 집에서는 먼저 남녀 간의 균등한 분배를 획득해야 합니다. 둘째, 사회에서는 남녀 간의 대등한 세력을 획득해야 합니다. 애석하게도 저는 이 권력을 어떻게 취득하는지 모르고, 단지 여전히 전투가 필요하다는 것만 압니다. 어쩌면 참정권을 요구하는 일보다 극렬한 전투가 더욱 많이 필요할지도 모릅니다.

물론 경제권을 요구하는 것은 평범한 일이지만, 아마도 고상한 참정권이나 광대한 여성해방 같은 것들을 요구하는 것보다 더욱 까다로울지도 모릅니다. 세상일은 작은 일이 큰일보다 더 까다로운 경우가 아주 많습니다. 예컨대 지금 같은 겨울에, 우리는 이 솜저고리 한 벌밖에 없는데, 얼어 죽어가는 불행한 사람 하나를 구조해야 하거나, 아니면 보리수 아래에 앉아서 일체의 인류를 구제할 방법을 명상해야 한다고 가정해봅시다. 일체의 인류를 구제하는 것과 한 사람을 살리는 것은 규모에 정말로 큰 차이가 나지만, 저에게 선택하라고 한다면, 저는 즉시 보리수 아래로 가서 앉을 것입니다. 왜냐하면 유일한 솜저고리를 벗고 저 자신이 얼어 죽는 결과를 피할 수 있기 때문입니다. 그러므로 집에서 참정권이 필요하다고 말해도 큰 반대에 부딪히게 되지는 않지만, 경제의 균등한 분배는 거론하자마자 눈앞에서 적을 만나지 않을 수 없게 되고, 당연히 극렬한 전투가 발생하게 됩니다.

전투가 좋은 일이라고 할 수는 없고, 우리는 모든 사람이 다 전사가 되어야 한다고 책임을 지울 수도 없습니다. 그렇다면, 평화적 방법도 귀중합니다. 그것은 바로 장차 친권을 이용하여 자신의 자녀를 해방시키는 것입니다. 중국의 친권은 무상無上의 것이므로, 그때, 재산을 자녀들에게 균등하게 분배하여 그들로 하여금 평화롭게, 충돌 없이 모두 대등한 경제권을 얻게 하고, 그 뒤에는 공부를 하든, 장사를 하든, 자신을 위해 누리든, 사회를 위해 일을 하든, 다 써버리든, 모두 하고 싶은 대로 하고 스스로 책임을 지게 할 수 있습니다. 이것이 비록 먼 꿈이라 하더라도, 황금 세계의 꿈보다는 한결 가깝습니다. 하지만 기억력이 제일 필요합니다. 기억력이 좋지 않으면 자신에게는 유익하고 자손에게는 해롭게 됩니다. 사람들은 망각할 수 있기 때문에 자신이 받았던 고통으로부터 점차 벗어날 수 있게 되고, 또 망각할 수 있기 때문에 앞사람들의 착오를 왕왕 똑같이 다시 범하게 됩니다. 학대받은 며느리가 시어머니가 되면 여전히 며느리를 학대하고, 학생을 혐오하는 관리는 모두 다 한때 관리를 욕하던 학생이었고, 지금 자녀를 억압하는 사람들은 종종 10년 전의 가정 혁명가였기도 합니다. 이것은 아마도 연령이나 지위와도 다 관계되겠지요. 하지만 기억력이 좋지 않은 것도 하나의 큰 원인입니다. 해결책은 사람마다 note-book을 한 권 사서, 자신의 현재 생각과 거동을 다 기록해두고 장차 연령과 지위가 다 변한 뒤의 참고로 삼는 것입니다. 가령 공원에 가려고 하는 아이가 미울 때 그것을 펼쳐, "나는 중앙공원에 가고 싶다"라는 말이 있는 것을 보면, 즉시 마음이 가라앉게 됩니다. 다른 일들도 똑같습니다.

세간에 일종의 무뢰한 정신이 있는데, 그 요점은 바로 끈질김입니다. 소문에 의하면 권비의 난* 이후로, 톈진의 청피,** 즉 소위 무뢰한이 발호했습니다. 예를 들면 그들은 남의 짐을 옮겨주고 2위안을 받으면서, 짐이 작다고 해도 2위안을 달라고 하고, 길이 가깝다고 해도 2위안을 달라고 하고, 옮기지 않겠다고 해도 여전히 2위안을 달라고 합니다. 건달은 물론 본받을 게 못 되지만, 그 끈질김은 크게 탄복할 만합니다. 경제권을 요구하는 것도 똑같아서, 이 일은 너무 진부하다고 해도 경제권을 달라고 대답하고, 너무 비루하다고 해도 경제권을 달라고 대답하고, 경제 제도를 바꿀 테니 더 이상 걱정할 필요 없다고 해도 여전히 경제권을 달라고 대답하는 것입니다.

사실 오늘날, 한 명의 노라가 집을 나온 것으로는 아마 곤란을 느낄 정도가 되지 않을 것입니다. 왜냐하면 이 인물은

---

* 1899년부터 1901년 사이에 전개된 의화단 운동을 가리킨다. 권비拳匪라는 부정적 호칭은 의화단이 의화권이라는 무술을 중심으로 조직된 데서 유래한다.

** 靑皮. 무뢰한, 부랑자, 건달 등을 뜻하는 방언.

특별하고 행동도 신선해서 일부 사람들에게 동정을 얻고 생활에 도움을 받을 수도 있기 때문입니다. 사람들의 동정 아래에서 산다는 것이 이미 자유롭지 못한 것이지만, 만약 백 명의 노라가 집을 나오면 동정조차 감소될 테고, 천 명 만 명이 집을 나오면 혐오를 받게 될 것이니, 그것은 단연코, 자신이 경제권을 쥐는 것만큼 믿음직하지는 못합니다.

경제적 측면에서 자유를 얻으면 꼭두각시가 아니게 되는 걸까요? 그래도 여전히 꼭두각시입니다. 단지 남에게 조종당하는 일이 줄어들 수는 있고, 자신이 조종할 수 있는 꼭두각시가 늘어날 수는 있겠지요. 현 사회에서는, 여성이 남성의 꼭두각시가 될 뿐만 아니라, 남성과 남성, 여성과 여성도 서로 꼭두각시가 되고, 남성도 여성의 꼭두각시가 되고 있기 때문인데, 이는 몇몇의 여성이 경제권을 취득한다고 해서 해결될 수 있는 것이 결코 아닙니다. 하지만 사람이 굶주린 채 이상 세계의 도래를 가만히 기다릴 수는 없는 것이고, 적어도 약간의 숨통은 남겨놓아야 합니다. 물 마른 수레바퀴 자국 속의 붕어*에게 한 바가지의 물이 급한 것과 똑같이, 비교적 가까운 경제권을 먼저 요구하면서, 동시에 다른 방법을 더 생각해야 하는 것입니다.

만약 경제 제도가 개혁된다면, 앞에서 말한 것들은 물론

---

* 학철지부涸轍之鮒.『장자莊子』에서 유래한 고사성어.

완전히 쓸데없는 소리가 됩니다.

그런데 앞에서 말한 것들은 노라를 하나의 보통 사람이라 보고 말한 것입니다. 만약 그녀가 아주 특별해서, 뛰쳐나가 희생양이 되기를 스스로 원한 것이라면, 그것은 또 다른 이야기가 됩니다. 우리에게는 남에게 희생양이 되라고 할 권한이 없고, 남이 희생양이 되는 걸 막을 권한도 없습니다. 더구나 세상에는 기꺼이 희생하고, 기꺼이 고통받는 사람들도 많습니다. 유럽의 한 전설에 의하면, 예수가 십자가에 못 박히러 갈 때 Ahasvar의 처마 밑에서 쉬는데, Ahasvar는 그것을 허락하지 않았고, 그 때문에 최후의 심판 때까지 영원히 쉬지 못하는 저주를 받았습니다.* Ahasvar는 그때부터 쉬지 못하고, 오직 걷기만 하였으며, 지금도 계속 걷고 있습니다. 걷는 것은 괴롭고 편안하게 쉬는 것은 즐거운데, 그는 왜 편안하게 쉬지 않을까요? 저주를 받았다고는 하지만, 걷는 게 편히 쉬는 것보다 더 즐겁기 때문에 계속 미친 듯이 걷는 것임이 아마도 분명하겠죠.

다만 이 희생의 즐거움은 자신에게 속하는 것이어서, 지

---

* 방황하는 유대인 전설 중의 하나. 루쉰은 Ahasvar라고 썼지만 보통 아하스베루스Ahasverus 또는 아하수에로Ahasuerus라고 표기된다. 아쿠타가와 류노스케가 쓴 단편소설「방황하는 유대인」(1917)에서는 요셉이라는 세례명으로 나오고, 이문열의 장편소설『사람의 아들』(1979)에서는 아하스 페르쯔라고 표기되었다.

사들이 말하는 사회를 위하는 것과는 무관합니다. 군중은,—특히 중국의 군중은—영원히 연극의 관객입니다. 희생이 등장할 때, 기개가 있다면 그들은 비극을 보는 것이고, 두려움에 떤다면 그들은 희극을 보는 것입니다. 베이징의 양고기 가게 앞에는 늘 몇 사람이 입을 벌린 채 양가죽 벗기는 걸 구경하는데, 그 모습이 자못 즐거워 보입니다. 인간의 희생이 그들에게 줄 수 있는 유익한 점도 그와 같을 따름입니다. 더구나 일이 끝난 뒤 몇 걸음도 가기 전에, 그들은 이 약간의 즐거움조차 망각해버립니다.

이러한 군중에 대해서는, 구경거리를 없애서 치료하는 수밖에는 다른 방법이 없습니다. 일시적으로 깜짝 놀라게 하는 희생은 필요 없고, 심각하고 끈질긴 전투가 더 낫습니다.

유감스럽게도 중국은 변화시키기가 너무 어렵습니다. 탁자 하나를 옮기고, 난로 하나를 바꾸려 해도 거의 피를 흘려야 하고, 피를 흘린다 해도 옮길 수 있을지, 바꿀 수 있을지 확실하지 않습니다. 커다란 채찍으로 등짝을 때리지 않는다면, 중국 스스로는 움직이려 하지 않습니다. 저는 그 채찍이 반드시 도래할 거라고, 좋고 나쁘고는 또 다른 문제이지만, 반드시 때릴 거라고 생각합니다. 다만 어디에서 올지, 어떻게 올지는 저도 확실하게 알지 못합니다.

저의 강연은 여기에서 마치겠습니다.

눈을 뜨고 보는 것을 논함*

  쉬성盧生** 선생이 쓴 시사 단평 중에 '우리는 무슨 일이
나 눈을 똑바로 뜨고 보는 용기를 가져야 한다'(『맹진猛進』
19기)라는 제목이 있었다. 참으로, 정시正視를 해야만 생각
하고 말하고 글을 쓰고 일하기를 바랄 수 있다. 만약 정시
를 하지 않는다면 무슨 결과를 얻을 수 있겠는가. 그러나 불
행하게도 그러한 용기가 우리 중국인에게는 가장 결핍되어
있다.

  하지만 지금 내가 생각하는 것은 다른 한 측면이다.

  중국의 문인은 인생에 대해서, 적어도 사회현상에 대해서
많은 경우 정시하는 용기가 없었다. 우리의 성현은, 일찍이
"예가 아니면 보지를 말라非禮勿視"라고 가르쳤는데, 그 '예'
가 대단히 엄해서 '정시'는 물론이고 '평시平視'나 '사시斜視'
조차 허용되지 않았다. 오늘날 청년들의 정신이 어떠한지는

---

  * 『어사語絲』 제38호(1925. 8. 3)에 발표되었다. 원제는 「論睜了眼看」.
  ** 진보적 철학자 쉬빙창徐炳昶의 필명.

모르겠으나, 체질상 대부분 여전히 등과 허리를 구부리고 눈을 내리뜸으로써 유서 깊은 가문의 노숙한 자제이고 온순한 백성임을 나타내고 있다. 그렇게 하는 것이 대외적으로 유력하다는 설로 말하자면, 최근 한 달 사이에 생겨난 새로운 설이어서 아직 그 옳고 그름을 모르겠다.

다시 '정시'의 문제로 돌아가자. 처음에 하지 않으면 나중에는 하지 못하게 되고, 더 나중에는 당연한 결과로서, 보지 않게 되고 보이지 않게 된다. 고장 난 자동차가 대로상에 서 있는 것을 한 무리의 사람들이 둘러싸고 멍청히 바라보는데, 얻은 결과는 검게 빛나는 물건이라는 것이다. 그런데 자신의 모순이나 사회의 결함으로부터 생겨나는 고통은 정시하지 않더라도 몸으로 감수하게 된다. 문인은 어쨌든 민감한 사람들인지라, 확실히 일찍부터 불만을 느끼고 있었다는 것을 그들의 작품을 통해 알아볼 수 있다. 그러나 결함이 폭로될 위기일발의 순간이 되면 그들은 즉시 "그런 일은 결코 없다"라고 되뇌면서 눈을 감아버린다. 감은 눈으로 보면 모든 것은 원만하고, 눈앞의 고통은, "하늘이 장차 그 사람에게 큰 임무를 내리려고 할 때, 반드시 먼저 그 심지心志를 괴롭히고 근골을 고되게 하며 육신을 굶주리게 하고 신변을 궁핍하게 하며 그가 하려 하는 바를 어지럽히는 것"*에 지

* 『맹자孟子』의 한 대목.

나지 않는다. 그리하여 문제도 결함도 불평도 없게 되고, 해결도 개혁도 반항도 없게 된다. 만사는 '단원團圓'을 이루게 되어 있고, 우리는 초조해할 필요가 없다. 마음 놓고 차나 마시며 잠이나 자면 크게 길하다. 쓸데없는 말을 더 하면 '시의에 맞지 않는다'라는 허물을 뒤집어쓰고 대학교수의 규탄을 받지 않을 수 없다. 쳇!

실험해본 적은 없지만 때로 나는 다음과 같은 생각을 해본다. 오랫동안 자기 방에만 틀어박혀 있던 노인을 여름날 한낮의 눈부신 햇빛 아래 내놓거나 규방에만 갇혀 있던 양가댁 처녀를 어두운 밤 들판으로 끌어낸다면, 아마도 눈을 꼭 감은 채 잔존하는 옛꿈만 계속 꿀 터이니, 그렇게 되면 어둠이나 빛은 보이지 않는 셈이 될 것이다. 이미 현실은 완전히 달라졌는데도 말이다. 중국의 문인들도 그와 마찬가지여서, 만사에 눈을 감고서, 자기를 속이고 남을 속인다. 그 방법은 기만과 사기이다.

중국의 혼인 방법의 결함을, 재자가인才子佳人 소설의 작가들은 벌써부터 느끼고 있었다. 그래서 그들은, 재자로 하여금 벽 위에 시를 쓰게 하고 가인으로 하여금 그 시에 화답하게 하며, 서로 사모─오늘날에는 연애라고 불러야 한다─하는 사이에서 '종신의 약속'을 하는 사이로 발전하게 한다. 그러나 약속 이후에는 난관이 생겨난다. 우리 모두 아는 바처럼, '남몰래 맺는 혼약'은 시와 희곡 혹은 소설에서는

74

미담으로 통하지만(물론, 결국 장원급제를 하고야 마는 남자
와의 혼약으로 한정된다), 실제로는 세상에 용납되지 않으며
서로 헤어지지 않을 수 없다. 그래서 명나라 말엽의 작가들
은 눈을 감고서, 한 가지 구제책을 덧붙였다. 재자가 급제하
고 황제의 허락을 받아 혼인한다는 것이다. "부모의 명과 중
매인의 말"*은, 그 커다란 명분으로부터 압력을 받게 되면
한 푼의 가치도 없게 되고 문제는 말끔히 사라져버린다. 문
제가 있다 하더라도, 그것은 오직 재자가 장원급제를 할 수
있느냐 하는 데 있지 혼인 제도의 선악과는 전혀 무관한 것
이다.

  (요즈음 어떤 사람들은, 신시新詩를 쓰는 시인이 시를 지어
발표하는 것을 남의 눈길을 끌고 이성異性을 유혹하려는 것이
라 생각하고, 신문이나 잡지에서 그런 것들을 마구 실어주는
데 대해 분노한다. 신문은 없었어도 벽은 실로 "예부터 있었
던 것"으로, 일찍부터 발표 기관 역할을 해왔다는 것을 모르는
것이다. 『봉신연의封神演義』**에 의하면, 이미 주왕紂王이 여왜
묘女媧廟의 벽에 시를 썼으니, 그 기원은 실로 대단히 빠르다.
신문이 백화***를 채택하지 않거나 소시小詩를 배척할 수는 있

* 『맹자』의 한 대목. 원문은 '父母之命媒妁之言'이다.
** 명나라의 백화 장편소설. 주周의 혁명과 은殷의 멸망을 제재로 하였다.
*** 白話. 구어. 백화문은 구어로 쓴 글을 가리킨다. 문어로 쓴 글은 문언
문文言文이라 하는바, 우리가 보통 한문이라 말하는 것은 이 문언문이다.

겠지만, 벽을 모조리 허물어버린다거나 단속한다는 것은 불가능하다. 한결같이 검은색으로 칠한다 해도 사금파리로 새길 수도 있고 분필로 쓸 수도 있는 것이니, 참으로 대처하기 어렵다. 시를 짓고서 그것을 목판에 새기지 않고 명산名山에 감추어두었다가 수시로 발표한다면 비록 폐단은 제법 있겠지만, 아마도 두절시키기는 어려울 것이다.)

『홍루몽紅樓夢』속의 작은 비극은 사회에 흔히 있는 일이거니와 작가가 비교적 용감하게 사실대로 그렸지만, 그 결말도 결코 나쁘지는 않다. 가씨賈氏의 가업이 다시 흥하고 일족이 번창하는 것은 물론이고, 보옥寶玉 자신도 붉은 우단 장삼을 입는 승려가 되었다. 승려는 많지만, 그처럼 호화로운 장삼을 입는 승려가 몇이나 되겠는가. 이미 '초범입성超凡入聖'의 경지에 올랐다는 데 의심의 여지가 없다. 다른 사람들로 말하자면, 권두에서 일일이 그 운명을 정해놓은바, 그 말로末路는 하나의 귀결일 따름이어서 문제의 종결이지 문제의 시작이 아니다. 독자에게 다소간 불만이 있더라도 결국은 그것을 어떻게 할 수는 없다. 그러나 뒤에 나온 속작이나 개작은, 다른 사람의 시체를 빌려 죽은 혼을 되살려내거나 저세상에서 혼인을 하게 하여, "남녀 주인공이 맺어지는 행복한 결말"을 짓고서야 손을 멈춘다. 자기를 속이고 남을 속이는 중독 증세가 너무 심해져서, 작은 속임수로는 만족하지 못하고, 눈을 감은 채 한바탕 거짓말을 늘어놓아야만

76

직성이 풀리는 것이다. 에른스트 헤켈E. Haeckel은, 사람과 사람의 차이는 때로 유인원과 원인原人의 차이보다 더 크다고 말했다. 『홍루몽』의 속작자를 원작자와 비교해보면, 우리는 그 말이 대체로 옳다는 것을 인정하게 될 것이다.

"선을 행하면 복을 받는다"*라는 옛 교훈은 육조六朝 시대 사람들에게도 이미 의심스럽게 여겨졌다. 그들은 묘비명을 쓰면서 "선을 쌓았는데도 보답이 없어서 끝내 스스로를 기만하고 남도 속이고 말았다"**라고 할 줄을 알았다. 그러나 후세의 어리석은 자들은 다시 속임수를 쓰기 시작했다. 원나라의 유신劉信이 복을 받기 위해 세 살 난 아이를 지전紙錢 태우는 화로에 집어넣는 이야기가 『원전장元典章』에 보인다. 극본 「소장도小張屠가 아이를 태워 어머니를 구하다」에서는 어머니의 목숨을 구하기 위해서인 것으로 바뀌는데, 어머니도 살고 아이도 죽지 않는다. 고질을 앓는 남편을 간병하는 여자의 이야기가 『성세항언醒世恒言』에서는 함께 자살하는 것으로 끝나는데, 후세의 개작에서는 뱀이 약탕관 속에 떨어지고 그것을 복용한 남편이 완치된다. 어떠한 결함이라도, 일단 작자의 분식粉飾을 거치면 후반부가 생판 달라져서 독자를 속임수 속으로 빠뜨린다. 세상은 정말로 광명으로

---

* 작선강상作善降祥. 『서경』 「이훈伊訓」 편에서 따온 말.
** 동위東魏의 「원담묘지명元湛墓誌銘」에서 따온 말.

가득하고, 불행한 사람이 있다면 그것은 그 사람의 자업자득이라고 생각하게 되는 것이다.

관우나 악비岳飛의 피살처럼, 때로 명백한 역사적 사실이어서 속일 수 없는 경우에 부딪히면, 또 다른 속임수를 쓰면 된다. 하나는 전생의 인연으로 돌리는 것이니 악비가 그러하다. 다른 하나는 죽은 뒤에 그를 신神으로 만드는 것이니 관우가 그러하다. 정해진 운명은 피할 수가 없는 것이고, 신이 되는 보응은 사람을 더욱 만족스럽게 해주는 것이다. 그러므로 살인자는 책할 것이 없고, 피살자도 슬플 것이 없다. 암암리에 하늘의 안배가 있어서 그들을 각각 자기가 있어야 할 곳에 있게 해주는 것이고, 다른 사람이 걱정할 필요는 전혀 없는 것이다.

중국인이 모든 면에서 용감하게 정시하지 않고, 기만과 사기로 기묘한 도피로를 만들어서 그것을 올바른 길이라고 여긴다는 것. 바로 여기에서 국민성의 비겁함과 나태함, 그리고 교활함이 증명된다. 하루하루 만족하면서, 즉 하루하루 타락하면서, 오히려 날마다 영광을 본다고 느낀다. 사실상, 나라가 망할 때마다 순국하는 충신이 몇 명씩 늘어나지만, 그 뒤에는 아무도 옛것을 되찾을 생각은 하지 못하고 오직 그 몇 명의 충신들을 찬미할 뿐이다. 겁탈을 당할 때마다 정절을 지키다가 죽는 열녀들이 생겨나지만, 일이 지나고 나면 아무도 범인을 징벌하거나 자위책을 강구할 생각은 하지 못하고 오직 그 열녀들을 칭송할 뿐이다. 망국이나 겁탈 같은 일은 오히려 중국인에게 '천지의 정기正氣'를 발휘할 기회를 가져다주고 자신의 가치를 높이는 것이 그 발휘에 달려 있으므로, 그것의 도래를 방임해야지 근심하거나 슬퍼할 것이 못 된다는 것 같다. 물론, 그 이상 또 무엇을 할 수 있겠는가. 우리는 이미 죽은 사람의 덕으로 최상의 영광을 획득했는데 말이다. 상하이와 한커우의 열사들*을 추도하는 모임에서, 산 사람들이, 함께 우러러야 할 드높은 위패 아래에서 서로 싸움질을 하는 것은 우리의 선배들과 똑같은 길을 걷는 것이다.

문예는 국민정신이 발하는 불꽃인 동시에, 국민정신의 전도를 밝히는 등불이기도 하다. 그것의 상호 인과관계는, 참기름은 참깨에서 짜낸 것이지만 참깨를 적심으로써 그것을 더욱 기름지게 하는 것과 같다. 기름이 상등품이라면 말할 나위도 없지만, 그렇지 않다면 물이나 소다 같은 다른 것을 섞어야 한다. 중국인이 용감하게 인생을 정시하지 않고 기만과 사기만을 행했기 때문에 기만과 사기의 문예가 생겨났고, 그 문예가 중국인을 기만과 사기의 늪 속으로 더욱 깊이 빠뜨려서, 심지어는 그렇다는 것을 자각하지도 못하는 지경

* 1925년 5월 상하이에서 일어난 반제국주의 민중운동인 5·30사건과 6월 한커우의 6·11참안慘案을 가리킨다.

에까지 이르렀다. 세계는 날로 변화한다. 우리의 작가들이
가면을 벗기고取下假面, 성실하게, 심각하게, 대담하게 인생
을 바라보고 그것의 피와 살을 그려낼 때가 벌써 도래해 있
다. 참신한 문단이 진작에 있어야 했고, 용맹한 장수들이 진
작에 있어야 했던 것을!

　이제는 분위기가 일변한 듯, 이르는 곳마다 꽃과 달을 노
래하는 소리는 들리지 않고, 대신, 쇠와 피의 찬송이 나타나
고 있다. 그러나 만약에 기만의 마음과 기만의 입에서 나오
는 것이라면 A와 O를 말하든, Y와 Z를 말하든, 허위라는
점에서 똑같다. 전에 꽃과 달을 업신여기던 소위 비평가들
의 입을 닫게 하고, 그것으로 중국은 중흥할 것이라고 만족
스럽게 생각해버리는 게 고작일 것이다. 불쌍하게도, 그는
'애국'이라는 큰 명분 아래에서 또 눈을 감은 것이다. 어쩌면
원래부터 감고 있었던 것인지도 모르지만.

　일체의 전통 사상과 전통 수법을 타파하는 용장이 나타
나지 않는다면 중국에는 진정한 신문예가 생겨나지 못할
것이다.

1925. 7. 22

'페어플레이'의 시행을 늦춰야 함을 논함*

1. 해제

『어사』제57호에서 위탕語堂** 선생이 '페어플레이fair play'를 논했는데, 이런 정신이 중국에는 몹시 희귀하므로 우리는 이를 북돋기 위해 노력해야만 하고, 또 '물에 빠진 개落水狗를 때리지' 않는다고 하면서 이것으로 '페어플레이'의 뜻을 보충할 수 있다고 했다. 나는 영어를 모르기 때문에 그 말의 뜻이 대체 어떤 것인지 잘 모르지만, 만약에 '물에 빠진 개를 때리지' 않는 것이 그런 정신의 일종이라면 나는 오히려 할 말이 있다는 생각이 든다. 다만, 제목에 '물에 빠진 개를 때린다'라고 직접적으로 쓰지 않은 것은 남의 눈에 띄는 것을 회피하기 위해서이다. 즉, 머리 위에 '가짜 뿔義角'***을 달려

---

* 『망원莽原』제1호(1926. 1. 10)에 발표되었다. 원제는 「論'費厄潑賴'應該緩行」.

** 린위탕林語堂.

*** 당시 루쉰과 대립하고 있던 천위엔陳源의 말을 따온 것이다. 천위엔

81

고 애쓸 필요가 없다는 뜻이다. 요컨대, '물에 빠진 개'는 때려서는 안 되는 것이 아니라, 오히려 그야말로 때려야 한다고 말하려는 것일 따름이다.

2. '물에 빠진 개'에는 세 종류가 있는데, 모두 때려도 되는 부류에 속한다는 것을 논함

오늘날의 논자들은 흔히 '죽은 호랑이를 때리는 것'과 '물에 빠진 개를 때리는 것'을 함께 논하면서 둘 다 비겁한 일로 취급한다. 내 생각에는, '죽은 호랑이를 때리는 것'은 겁쟁이가 용감한 척하는 것으로서 자못 익살스러운 점이 있으며, 비록 비겁하다는 혐의를 면할 수는 없지만 그 비겁은 귀여운 데가 있는 비겁이다. '물에 빠진 개를 때리는 것'으로 말하자면, 결코 그처럼 간단하지 않다. 그 개가 어떤 개인가, 그리고 어떻게 해서 물에 빠졌는가를 보고서 결정해야 한다. 물에 빠진 이유를 생각해보면, 대체로 세 가지가 있을 수 있다. 1) 개가 스스로 실족하여 물에 빠진 경우, 2) 다른 사람이 빠뜨린 경우, 3) 내가 직접 빠뜨린 경우. 앞의 두

은, 마귀의 머리에 가짜 뿔을 붙임으로써 대중의 눈길을 끌려 한다고 루쉰을 비난했다.

경우를 만나 부화뇌동하여 때린다면 물론 너무 시시한 일이고 어쩌면 비겁에 가까운 일인지도 모른다. 그러나 만약 개와 힘껏 싸우다가 내 손으로 그놈을 물에 빠뜨렸다면, 물속에 있는 놈을 장대로 마구 때린다 해도 심하지 않은 것 같다. 앞의 두 경우와 함께 논해서는 안 되는 것이다.

용감한 권법가는 이미 땅에 쓰러진 상대는 결코 더 이상 때리지 않는다고 하는데, 이는 실로 우리가 모범으로 받들 만하다. 하지만 나는 여기에 한 가지 조건을 덧붙여야 한다고 생각한다. 즉, 상대 역시 용감한 투사여야 한다는 것이다. 패배한 뒤 스스로 부끄러워하고 후회하며 다시 찾아오지 않거나 아니면 당당하게 복수하러 와야 한다. 그렇다면 당연히 안 될 것이 없다. 그러나 개로 말하면, 그런 예를 적용하여 대등한 적수와 동일시할 수 없다. 개가 아무리 미친 듯이 짖어대도 사실상 무슨 '도의道義'를 알 턱이 없는 것이다. 더구나 개는 헤엄을 칠 줄 알기 때문에 반드시 뭍으로 기어 올라올 것이고, 주의하지 않으면 그놈은 몸을 추켜세우고 한바탕 흔들어 사람들의 몸과 얼굴에 온통 물방울을 튀기고서 꼬리를 사리며 도망칠 것이다. 그 뒤로도 그런 성정은 여전히 변치 않는다. 어리숙한 사람이 개가 물에 빠진 것을 세례받는 것이라 여기고, 이미 참회했음이 분명하며 다시는 사람을 물지 않을 것이라고 생각한다면, 그것은 참으로 엄청난 착각이다.

요컨대 사람을 무는 개라면, 그놈이 뭍에 있건 물속에 있건 전부 때려도 되는 부류에 속한다는 게 내 생각이다.

3. 특히 발바리는 물속에 빠뜨리고, 그러고서 때리지 않으면 안 됨을 논함

발바리는 일명 하바거우哈吧狗라 하고 남방에서는 서양개라고 부르지만, 사실은 중국 특산이고 세계 개 경연 대회에서 종종 금상을 타곤 하는데『브리태니커 백과사전』의 개 사진 중에도 우리 중국의 발바리가 몇 마리 있다고 한다. 이것도 일종의 국가적 영광이다. 그러나 개와 고양이는 원수지간이지 않은가? 그놈은 개이면서도 고양이를 몹시 닮았다. 절충적이고 공정하며 조화롭고 공평한 모습이 넘칠 듯하고, 유유하게, 다른 사람은 모두 과격한데 오직 자기만 '중용의 도'를 터득한 것 같은 얼굴을 하고 있다. 그래서 부호, 환관, 귀부인, 숙녀 들에게 총애를 받으며 그 씨가 면면히 이어져왔다. 그놈의 사업은 깜찍한 털 덕분에 귀인의 손에 길러지거나, 국내외의 여인들이 외출할 때 목에 가는 사슬을 맨 채 뒤를 따라 다니는 것뿐이다.

그런 놈들은 먼저 물속에 빠뜨리고, 그러고서 때려야 한다. 만약 그놈이 스스로 물에 빠졌다면, 사실은 그 상태로 때려도 무방하다. 다만 자신이 지나치게 사람이 좋은 호인이 되고 싶다면 물론 때리지 않아도 되지만, 그러나 그놈을 위해 탄식할 필요는 없다. 발바리에게 그렇게 너그러울 수 있다면 다른 개들은 더욱더 때릴 필요가 없다. 왜냐하면 그것들은 권세와 이익을 몹시 따르기는 하지만, 필경 아직은 어느 정도 늑대 같은 야성을 띠고 있고, 발바리처럼 기회주의적이지는 않기 때문이다.

이상은 말이 나온 김에 한 말인지라, 본제와 큰 상관은 없는 것 같다.

4. '물에 빠진 개를 때리지' 않는 것은 남의 자식을 망치는 일임을 논함

요컨대 물에 빠진 개를 때려야 하는가 여부는, 우선 그놈이 뭍으로 기어오른 뒤의 태도를 보아야 한다.

개의 성질은 대개 크게 변하지 않는다. 1만 년 뒤라면 혹시 지금과 달라질지도 모르지만, 내가 지금 말하고자 하는 것은 현재이다. 만약 물에 빠진 뒤의 처지가 몹시 불쌍하게 여겨진다면, 사람에게 해를 끼치는 동물 중에 불쌍한 것들은 참으로 많다. 콜레라균만 하더라도, 생식이 빠르기는 하지만 그 성격은 얼마나 솔직한가. 그러나 의사들은 그것들을 절대로 내버려 두지 않는다.

지금의 관료와 토착형 신사나 서양형 신사 들은 자기 뜻에 어긋나기만 하면 즉시 빨갱이니 공산당이니 한다. 민국 원년 이전에는 좀 달랐다. 처음에는 캉당康黨*이라 했고, 나중에는 혁당革黨**이라 했다. 심지어는 관에 밀고하기까지 했는데, 자신의 존엄과 영예를 보전하려는 면도 확실히 있었지만, 당시에 일컫던, "사람의 피로써 관모의 꼭지 장식을 붉게 물들인다"***라는 뜻도 없지만은 않았다. 그러나 결국 혁명은 일어났고, 거드름을 피우던 신사紳士들은 금세 상갓집 개처럼 불안에 떨며 변발을 머리 위로 틀어 올렸다. 혁명당은 새로운 기풍—신사들이 전에 이를 갈며 증오하던 새로운 기풍을 발휘하여 제법 '문명'스러워졌다. '함여유신咸與維新'****이다, 우리는 물에 빠진 개는 때리지 않는다, 너희들 마음대로 기어 올라오든지 말든지 해라,라고 말할 정도로 말이다. 그래서 그놈들은 기어 올라왔고, 민국 2년 하반기까지 엎드려 있다가 2차 혁명 때 갑자기 튀어나와서는 위안스카이袁世凱를 도와 수많은 혁명가들을 물어 죽였다. 중

* 캉여우웨이당康有爲黨.
** 혁명당.
*** 당시에는 관모의 꼭지 장식이 직급에 따라 달랐다. 관모의 꼭지 장식을 붉게 물들인다는 것은 높은 벼슬에 오른다는 뜻이다.
**** 모두가 유신에 참여한다는 뜻이다.

국은 또다시 하루하루 어둠 속으로 빠져들어 지금에 이르렀는데, 유로遺老는 말할 것도 없고 유소遺少까지* 우글거린다. 이것은 바로 선열들이 착한 마음씨로 악당들에게 베푼 자비가 그놈들을 번식시켰기 때문이다. 훗날의 각성한 청년들은 어둠에 반항하기 위해 기력과 생명을 한층 더 희생해야 할 것이다.

추근秋瑾 여사**는 밀고로 죽었다. 혁명 이후에 한동안 '여협女俠'이라 불렸지만 지금은 입에 올리는 사람을 거의 찾아볼 수 없다. 혁명이 일어나자, 그녀의 고향에 도독都督——지금의 이른바 독군督軍과 같다——이 부임했는데, 그녀의 동지 왕진파王金發였다. 그는 추근을 살해한 주모자를 체포하고 밀고 서류를 수집하여 그녀의 복수를 하려 했다. 그러나 결국은 그 주모자를 석방하고 말았다. 듣건대, 이미 민국이 성립되었으니 더 이상 구원舊怨을 들추어서는 안 되지 않겠느냐는 이유 때문이었다. 그러나 2차 혁명이 실패하고 나자 왕진파는 위안스카이의 앞잡이에게 총살당했다. 이 일에 힘을 쓴 자는 그가 석방해준, 추근 살해의 주모자였다.***

* 유로와 유소는 전대前代에 충성을 지키는 노인과 젊은이를 말한다.
** 秋瑾(1875~1907). 청나라 말의 여성 혁명가. 사오싱 사람이며 일본 유학 시절 루쉰과 교류가 있었다. 1907년 7월 청나라 정부에 체포되어 처형되었다.
*** 착오가 있는 것 같다. 밀고자는 사오싱 사람 호도남胡道南으로서,

그 사람도 이제는 이미 "천수를 다하고 죽은" 뒤다. 그러나 그곳에는 그런 부류의 인간들이 계속해서 발호하고 출몰하고 있다. 그래서 추근의 고향은 여전히 그 모양 그대로이고, 해가 바뀌어도 조금도 진보가 없다. 그 점에서 볼 때, 중국의 모범이라 할 이름난 도시에서 성장한 양인위楊蔭楡 여사와 천시잉陳西瀅* 선생은 참으로 복을 타고났다.

5. 실각한 인물을 '물에 빠진 개'와 함께
논해서는 안 됨을 논함

"침범을 당해도 다투지 않는 것"**은 관용의 도恕道이고, "눈에는 눈으로 갚고 이에는 이로 갚는 것"은 곧음의 도直道이다. 중국에 가장 많은 것은 굽음의 도枉道여선, 물에 빠진 개를 때리지 않고 도리어 개에게 물린다. 하지만 그것은 실

1910년에 혁명당 사람에게 처형당했다. 왕진파에게 체포되었다가 석방되고 나중에 왕진파를 살해하는 데 참여한 사람은 장졔메이章介眉로, 역시 사오싱 사람이며 추근의 무덤을 파헤칠 것을 주장했다.

* 양인위와 천시잉(본명 천위엔)은 베이징 여사대 사건 때 루쉰과 대립했던 보수적 지식인들로서, 양인위는 베이징 여자사범대학 총장이었고 천시잉은 베이징 대학 교수였다. 두 사람 다 장쑤성 우시 출신이다.

** 증자曾子의 말. 『논어』「태백泰伯」편.

로 어리숙한 사람이 사서 고생을 하는 것이다.

속담에 "충후하다는 것은 무용하다는 것의 다른 이름이다"라는 말이 있는데, 좀 야박할는지 모르지만 자세히 생각해보면 이는 나쁜 짓을 하라고 부추기는 말이 아니라, 많은 쓰라린 경험을 한 뒤에 나온 경구인 것 같다. 물에 빠진 개를 때리지 않는다는 설을 예로 보면, 그런 설이 나오게 된 데에는 두 가지 원인이 있을 것이다. 하나는 때릴 힘이 없는 것이고, 둘은 비유를 잘못한 것이다. 전자는 논외로 하고, 후자의 착오에는 다시 두 가지가 있다. 하나는 실각한 인물을 물에 빠진 개와 동일시하는 것이고, 둘은 실각한 인물에도 좋은 자와 나쁜 자가 있음을 변별하지 않고서 일률적으로 동일시하는 것인바, 그 결과 도리어 악을 방임하게 된다. 지금으로 말하자면, 정국의 불안정 때문에 실로 흥망의 교체가 수레바퀴 구르는 듯한데, 빙산에 기대어 제멋대로 횡포를 부리던 악인이 일단 실족하면 갑자기 동정을 애걸하고, 그러면 그자가 무는 것을 직접 보았거나 직접 겪었던 어리숙한 사람들은 갑자기 그자를 '물에 빠진 개'로 여기고 때리지 않는 것은 물론이요, 심지어는 측은한 생각까지 가지며, 정의가 이미 승리했으니 이제야말로 우리가 협의를 보일 때라고 스스로 생각한다. 그자가 정말로 물에 빠진 적은 결코 없으며, 이미 보금자리를 다 만들어놓았고 양식도 이미 충분히 쌓아놓았다는 것──그것도 조계* 안에다 말이다─을 전혀 알지 못하는 것이다. 상처를 입은 것처럼 보일 때도 있지만, 사실은 결코 그렇지 않다. 기껏해야, 유유히 도망쳐 숨을 수 있도록, 절름발이 시늉으로 사람들의 측은지심을 불러일으키려는 것에 불과하다. 다른 날 돌아오게 되면, 전과 똑같이 먼저 어리숙한 사람들을 무는 것에서 시작하여 '우물에 빠진 사람에게 돌을 던지는 짓投石下井'**을 비롯, 못 하는 짓이 없게 된다. 그 원인을 추적해보면, 어리숙한 사람들이 '물에 빠진 개를 때리지' 않았다는 데 부분적인 원인이 있다. 그러므로, 좀 가혹하게 말하자면, 스스로 제 무덤을 판 것이고, 하늘을 원망하고 남을 탓하는 것은 전적으로 잘못이다.

6. 아직은 '페어'만을 할 수 없음을 논함

어진 사람들은, 그렇다면 우리에게는 결국 '페어플레이'가

---

* 租界. 청나라와 이후 중화민국에 있었던, 외국인이 행정 자치권이나 치외법권을 가지고 거주한 조차지이다. 상하이, 톈진, 한커우, 광저우, 전장, 쥬장, 샤먼, 항저우, 쑤저우, 충칭 등에 설치되었다.
** 하정투석下穽投石이나 낙정하석落井下石이라고도 한다. 한유韓愈의 글에 "함정에 빠진落穽 사람에게 손을 뻗어 구하지 않고 도리어 밀어 넣고서 거기에 돌을 떨어뜨리는下石 사람"이라는 구절이 있다.

필요하지 않다는 거냐고 질문할지도 모른다. 나는 즉각 대답할 수 있다. 물론 필요하다, 하지만 아직은 이르다,라고. 이것이 바로 '청군입옹請君入瓮'*의 방법이다. 어진 사람들은 그 방법을 사용하지 않으려 할지도 모르나, 나는 그 방법이 일리 있다고 말할 수 있다. 토착형 신사나 서양형 신사 들이 늘상 말하지 않았던가, 중국은 특수한 사정이 있어서 외국의 평등, 자유 등등을 적용할 수 없다고 말이다. '페어플레이'도 그중 하나라고 나는 생각한다. 그렇지 않으면, 그는 당신에게 '페어' 하지 않은데 당신만 그에게 '페어' 하다가 결국 자신만 손해를 보게 되며, '페어' 하고자 해도 할 수 없게 되고, 나아가서는 '페어' 하지 않고자 해도 역시 할 수 없게 된다. 그러므로, '페어' 하려면, 먼저 상대를 잘 살펴보는 게 좋다. '페어'를 받을 자격이 없는 자 같으면 고지식하게 사양하지 않아도 된다. 상대가 '페어' 한 다음에 다시 그와 '페어'를 논해도 늦지 않다.

여기에는 이중 도덕을 주장한다는 혐의가 다분히 있는 듯하지만, 그러나 부득이한 일이다. 그렇게 하지 않으면 중국

---

* "당신은 독에 들어가시오"라는 뜻. 당나라 때 주흥이라는 가혹한 관리가 큰 독을 가져다가 숯불로 사방을 달궈놓고 죄인을 그 속으로 들어가게 하는 심문법을 생각해냈는데, 그 말을 들은 내준신이라는 심문관이 반란 혐의를 받게 된 주흥에게 바로 그 심문법을 적용하여, "자네는 독에 들어가게"라고 했다는 일화가 『자치통감』에 나온다.

에는 비교적 바람직한 미래가 있을 수 없다. 지금 중국에는 이중 도덕이 많다. 주인과 노예, 남성과 여성이 모두 서로 도덕이 다르고, 통일되어 있지 않다. 만약 '물에 빠진 개'와 '물에 빠진 사람'의 경우만 유독 동일시한다면 그것은 실로 편파적이고 시기상조라 하지 않을 수 없다. 자유와 평등이 결코 나쁜 것은 아니지만, 중국에는 아직 시기상조라고 신사들이 말하는 것과 마찬가지이다. 그러므로 '페어플레이' 정신을 보편적으로 시행하려면 적어도 이른바 '물에 빠진 개'들이 인간다움을 띨 때까지 기다려야 한다고 나는 생각한다. 물론 지금은 절대로 시행해서는 안 된다는 것은 아니다. 즉, 앞에서 말한 것처럼, 상대를 잘 살펴보아야 하는 것이다. 뿐만 아니라 차등도 두어야 한다. 즉, '페어'는 반드시 상대가 누구인가를 보고 베풀어야 하는 것이다. 어떻게 해서 물에 빠졌든지 간에 사람이라면 돕고, 개라면 내버려 두고, 나쁜 개라면 때린다. 한마디로 말해 '자기 파는 돕고 다른 파는 토벌하는 것'일 따름이다.

마음속은 온통 '시어머니의 도리'*이면서 입으로는 '공정한 도리'를 뇌까리는 신사들의 명언은 잠시 논외로 하더라도, 진심인 사람들이 부르짖는 공정한 도리 역시 오늘날의 중국에서는, 착한 사람을 구조하지 못하는 것은 물론이고

---

* 편파적인 도리라는 뜻. 여기서는 '공평한 도리'의 반대어로 사용되었다.

도리어 나쁜 사람을 보호해주기까지 한다. 나쁜 사람이 득세하여 착한 사람을 학대할 때는, 설사 공정한 도리를 부르짖는 사람이 있다 해도 나쁜 사람은 결코 그 말에 귀를 기울이지 않기 때문에, 부르짖음은 단지 부르짖음으로 그치고 착한 사람은 여전히 고통을 받는다. 그러나 어쩌다가 착한 사람이 조금 기를 펴게 되면, 나쁜 사람은 본래 물에 빠져야 마땅한데도, 진심으로 공정한 도리를 주장하는 사람은 "보복하지 말라"느니, "너그럽게 용서하라"느니, "악으로써 악에 대항하지 말라"느니 하며 떠들어댄다. 이번엔 실효가 나타나서 부르짖음으로 그치지 않게 된다. 착한 사람은 그 말을 옳다 여기고, 그리하여 나쁜 사람은 구제받는다. 그러나 구제받은 뒤에 그는 틀림없이 이득을 보았다고 생각하지, 회개 따위는 절대로 하지 않는다. 더구나 진작에 굴을 세 개쯤 파놓은 데다가 아부를 잘하기 때문에, 오래지 않아 혁혁한 세력을 회복하고 전과 똑같이 나쁜 짓을 한다. 이때 공정한 도리를 주장하는 사람들은 물론 또다시 큰 소리로 부르짖지만, 이번에도 나쁜 사람은 당신의 말을 듣지 않는다.

'악을 미워하기를 너무 엄하게' 하고 '개혁을 너무 급하게' 한 한나라의 청류淸流*와 명나라의 동림東林**이 바로 그 때

* 후한 말엽에 환관의 전횡을 비판하다가 탄압당한 학자 집단.
** 동림당東林黨. 명나라 말엽에 정치적 개혁을 꾀했던 학자 집단.

문에 실패했다고 하면서, 논자들은 항상 그들을 비판한다. 그러나 이 점을 전혀 모른다. 그 상대는 '선을 미워하기를 원수처럼' 하지 않았던가? 그럼에도 사람들은 그에 대해서는 한마디도 하지 않는다. 앞으로도 빛이 어둠과 철저하게 싸우지 못하고, 어리숙한 사람들이 악에 대한 방임을 관용이라고 잘못 생각하며 계속 고지식하게 군다면, 오늘날과 같은 혼란 상태는 무한히 계속될 것이다.

7. "그 사람이 쓴 방법으로 그 사람을 다스린다"*를 논함

중국인은 한의를 믿는 사람도 있고 양의를 믿는 사람도 있다. 오늘날 비교적 큰 도시에는 으레 두 종류의 의사가 다 있어서 사람에 따라 원하는 대로 선택할 수 있다. 이것은 확실히 아주 좋은 일이라고 생각된다. 이 방법을 널리 확대시킨다면 틀림없이 원성이 훨씬 줄어들 것이고, 어쩌면 천하가 태평해질는지도 모른다. 예를 들어, 민국의 보통 예절은 허리를 굽혀 인사하는 것이지만, 그것을 옳지 않다고 생각

---

* 원문은 '卽以其人之道還治其人之身'이다. 주자朱子의 『중용장구中庸章句』에 나오는 말이다.

하는 사람이 있으면 그 사람만은 절을 하게 한다. 민국의 법률에는 태형이 없지만, 체형이 좋다고 생각하는 사람이 있으면 그 사람이 죄를 지었을 때는 특별히 곤장을 때린다. 그릇과 젓가락, 밥과 반찬 등은 현대인을 위해 마련된 것이지만, 수인씨* 이전의 백성이 되고자 하는 자가 있으면 그에게는 날고기를 먹인다. 또 초가를 수천 호 짓고, 대저택에 살면서 요순을 흠모하는 높은 선비들을 모두 끌어내 거기에서 살게 한다. 물질문명에 반대하는 사람들은 물론, 불평을 늘어놓으면서 자동차에 타는 일을 하지 못하게 해야 한다. 이렇게 하면, 참으로, 이른바 "인仁을 구하다가 인仁을 얻었으니 또 무엇을 원망하랴"**가 되며, 우리의 귀도 훨씬 더 깨끗해질 것이다.

그러나 애석하게도 사람들은 그렇게 하려 하지 않고 한사코 자신을 기준으로 남을 다스리려 하며, 그런 까닭에 천하가 복잡해진다. '페어플레이'는 특히 폐단이 커서, 심지어는 약점으로 변하여 도리어 나쁜 세력에게 이득을 주기까지 하는 것이다. 예를 들어, 류바이자오劉百昭***가 베이징 여사대 학생들을 폭력으로 쫓아냈을 때 『현대평론』은 방귀조차 뀌

* 燧人氏. 삼황오제 중의 하나. 신화에 의하면, 불을 사용하여 음식을 익혀 먹는 법을 가르쳤다.
** 원문은 '求仁得仁又何怨'이다. 『논어』에 나오는 말이다.
*** 당시 교육부의 전문교육사專門敎育司 사장司長이었다.

지 못했는데, 학교가 회복되고 난 뒤에 천시잉이 반대파 학생들에게 교사를 점거하라고 선동하면서 이렇게 말했다. "만약에 그들이 나가지 않겠다고 한다면 어쩔 것인가? 강제로 그들의 짐을 들어낸다는 것은 부끄러운 일이지 않은가?" 폭력으로 쫓아내고 짐을 들어낸 류바이자오의 선례가 있는데, 어째서 유독 이번에만 '부끄럽다'는 것인가? 그것은 바로, 그가 베이징여사대 쪽에 '페어'의 기미가 있다는 것을 냄새 맡았기 때문이다. 그러나 그 '페어'는 도리어 약점으로 변하여, 거꾸로 장스자오*의 '유택'**을 보호하는 데 이용당했다.

8. 결론

이상에서 말한 것들이 신新과 구舊, 혹은 무슨 두 파벌 간의 싸움을 자극하여 악감정을 더욱 심화시키고 대립을 더욱 격화시키지 않을까 하고 의심하는 사람도 있을 것이다. 그러나 감히 단언하거니와, 반反개혁가가 개혁가에게 끼치는

* 章士釗. 당시의 교육부 장관. 베이징여사대 사건 때 강압책을 쓰다가 결국 장관직을 사임했다.
** 遺澤. '남긴 은혜'라는 뜻. 양인위를 가리킨다. 양인위는 장스자오에 의해 베이징 여사대 총장으로 임명되었으며, 베이징 여사대 사건을 유발한 장본인이었다.

해독害毒은 이제껏 한 번도 늦춰진 적이 없고, 수단의 악랄
함도 이미 극에 달했다. 단지 개혁가들만이 아직도 꿈속에
머물면서 항상 손해를 보고 있는 것이다. 그 때문에 중국은
아직도 개혁을 하지 못했다. 앞으로는 태도와 방법을 바꾸
어야 한다.

1925. 12. 29

「아Q정전」을 쓰게 된 원인*

『문학주보文學週報』 251기에서 정전둬鄭振鐸 선생이 『외
침』에 대해, 특히 「아Q정전」에 대해 논평을 했다. 그것을
읽으면서 나는, 부지중에, 약간의 사소한 일들이 기억났고,
그것을 빌려 이야기를 좀 해보자는 생각이 들었다. 그럼으
로써 첫째는 글을 한 편 쓸 수 있고, 둘째는 보고자 하는 사
람들에게 보여줄 수 있는 것이다.

먼저 정전둬 선생의 원문을 한 단락 인용하겠다.

이 작품이 사람들에게 그처럼 주목을 받은 데에는 원
래 이유가 없지 않다. 하지만 몇 가지 검토할 만한 점들
도 있다. 이를테면, 마지막 장인 「대단원」은, 『신보』에
서 처음 이 작품을 읽었을 때에도 불만스러웠고 지금도
불만스러운데, 작가가 아Q의 결말에 대해 너무 서두른

---

* 주간 『북신北新』 제18기(1926. 12. 18)에 발표되었다. 원제는 「「阿Q正
傳」的成因」.

것 같다. 작가는 계속 쓰기가 싫어져서 그처럼 생각나는 대로 아무렇게나 아Q에게 「대단원」을 지어준 것 같다. 아Q 같은 사람이 마침내 혁명당이 되고자 하고, 마침내 그러한 대단원의 결말을 맞이하는 것은 작가 자신도 처음 작품을 쓰기 시작했을 때에는 생각지 못했던 것 같다. 적어도 성격상으로 한 사람이 아니라 두 사람인 것 같다.

아Q가 정말로 혁명당이 되려 했는가, 설사 정말로 혁명당이 되었다 하더라도 성격상으로 두 사람인 것 같은가 하는 문제는 잠시 제쳐두자. 이 작품을 쓰게 된 원인만 말하려 해도 무척 품이 드는 일이다. 항상 말하듯이, 나의 글은 샘솟는 것이 아니라 쥐어짜는 것이다. 듣는 사람들은 흔히 겸손이라고 오해하지만, 사실은 정말이다. 나는 하고 싶은 말도 없고 쓰고 싶은 글도 없지만, 사람들의 신바람을 돋우어주고 싶어서 때로 소리를 지르지 않을 수 없는, 자학적인 나쁜 성질이 있다. 한 마리 늙은 소와 같을 터인데, 별 소용이 없음을 번연히 알지만 폐물을 이용하는 것도 무방하지 않은가. 그러므로, 장 씨네가 내게 밭갈이를 시켜도 되고, 리 씨네가 내게 맷돌을 돌리게 해도 되고, 자오 씨네가 나를 자기 가게 앞에 세워놓고 내 등 위에, 우리 가게에는 살진 소가 있음, 영양가 있는 고급 살균우유 팝니다,라는 광고를 붙여놓는다 해도, 나는 비록 자신이 비쩍 말랐으며, 게다가 수놈이어서 우유라고는 없다는 것을 잘 알지만, 그러나 그들이 장사를 하기 위한 것임을 생각하면 양해할 수 있는 바이므로, 팔려는 것이 독약이 아니기만 하면 아무 말도 하지 않는다. 하지만 나를 너무 심하게 부려먹는 것은 안 된다. 나는 먹을 풀을 스스로 찾아야 하고, 숨 돌릴 시간이 필요하다. 나를 아무개 집 소로 전속시키고 그 외양간에 가두는 것도 안 된다. 때로 나는 다른 집의 맷돌을 돌려주기도 할 것이다. 고기까지 내다 팔려 한다면 그건 물론 더욱 안 된다. 그 이유는 명백하므로 자세히 말할 필요가 없겠다. 위에 말한바 세 가지 안 되는 것을 만나면 나는 도망쳐버린다. 차라리 야산에 가서 배를 깔고 누워버리는 편이 나을지 모른다. 그 때문에 갑자기 심각에서 천박으로 변하고 전사戰士에서 짐승으로 변하며 캉여우웨이*나 량치차오**에 비견되게 된다 하더라도 조금도 개의치 않고 내 마음대로 도망쳐버리고 드러누워버리지, 함정에 빠지려고 나서는 일은 결코 다시는

---

* 康有爲(1858~1927). 청나라 말, 중화민국 초의 정치가이자 사상가. 입헌군주제에 의한 근대화를 주장했다.
** 梁啓超(1873~1929). 청나라 말, 중화민국 초의 정치가이자 사상가. 캉여우웨이의 제자로서 입헌군주제에 의한 근대화를 주장하다가 나중에 공화주의로 전향했다. 문학과 사학, 철학의 여러 분야에 걸쳐 많은 저작을 남겼다.

하지 않을 것이다. 왜냐하면 나는 '세상 물정'에 정말로 훤해졌기 때문이다.

최근 몇 년 동안 『외침』이 이렇게 많은 사람들에게 읽힐 줄은 당초 전혀 예상치 못했던 일이다. 아예 예상이라는 것조차 없었다. 아는 사람의 희망에 따라, 글을 쓰라고 할 때마다 하나씩 쓴 것일 따름이다. 그것도 그다지 바쁘지는 않았는데, 루쉰이 나라는 걸 아는 사람이 그다지 많지 않았기 때문이다. 내가 사용하는 필명도 하나만이 아니다. LS, 선페이神飛, 탕쓰唐俟, 머우성즈某生子, 쉬에즈雪之, 펑성風聲. 전에는 더 있었다. 쯔수自樹, 쒀스素士, 링페이令飛, 쉰싱迅行. 루쉰은 쉰싱에서 비롯되었는데, 당시의 『신청년』 편집자가 아호 같아 보이는 서명을 원치 않았기 때문이다.

지금 어떤 사람*은 내가 무슨 우두머리가 되고 싶어 한다고 생각하지만, 백번 살펴보아도 그 진상을 알 수 없으니 참으로 딱한 일이다. 나는 이제껏 루쉰이라는 깃발을 꽂고 남을 찾아간 적이 한 번도 없다. "루쉰이 저우수런周樹人이다"라는 것은 다른 사람**이 조사해낸 것이다. 그런 사람들은 네 부류가 있다. 한 부류는 소설을 연구하기 위해서 작가의

---

* 작가 가오창훙高長虹을 가리킨다. 루쉰과 동인 활동을 함께했지만 나중에 대립 관계가 된다.
** 평론가 천시잉을 가리킨다.

삶을 알고자 하는 사람이다. 또 다른 한 부류는 오직 호기심 뿐인 사람이다. 한 부류는 나도 단평短評을 했기 때문에 자기도 고의적으로 폭로하여 내게 화를 입히고 싶어 하는 사람, 마지막 한 부류는 자기에게 내가 이용 가치가 있다고 여겨 접근하려는 사람이다.

그때 나는 시청西城 근처에 살았었는데, 루쉰이 나라는 걸 아는 사람은 아마 『신청년』과 『신조新潮』 사람들뿐이었을 것이다. 쑨푸위엔*도 그중 하나였다. 그는 『신보』에서 문화면의 편집을 맡고 있었다. 누구의 제안이었는지는 모르겠으나 「카이신화開心話」**라는 칼럼을 매주 한 번씩 싣기로 갑자기 결정이 났다. 그가 와서 내게 글을 좀 쓰라고 했다.

아Q의 이미지는 확실히 여러 해 전부터 내 마음속에 자리 잡고 있었던 것 같지만, 나는 그것에 대해 쓸 생각이라곤 조금도 한 적이 없었다. 글을 쓰라는 제안을 받자 갑자기 생각이 떠올랐고, 그래서 그날 밤으로 쓰기 시작했는데, 그것이 제1장 「서序」였다. '카이신화'라는 제목에 맞추고자 했기 때문에, 불필요한 골계를 마구 덧붙여 전체 작품 속에서 조화를 이루지 못하는 것이 사실이다. '바런巴人'이라는 서명

---

* 孫伏園(1894~1966). 작가, 편집자. 산후이 사범학당 및 베이징 대학에서 수학했다. 루쉰의 제자.
** 심심풀이의 즐거운 이야기라는 의미.

은 '하리파인下里巴人'*이라는 말에서 따온 것으로, 고상하지 못하다는 뜻이다. 뜻밖에도 이 서명이 또 화를 불렀다. 나는 그런 줄 모르고 있다가 올 들어『현대평론』에서 한루涵廬(즉 가오이한)**의「한담閑話」을 보고서야 비로소 알게 되었다. 그 대략은 다음과 같다.

「아Q정전」이 한 단락씩 계속 발표되고 있을 때, 다음에는 욕이 자기에게 떨어질까 봐 많은 사람들이 벌벌 떨며 두려워하던 것을 나는 기억한다. 또 한 친구는, 어제「아Q정전」중의 한 대목은 자기를 욕한 것 같다고 내 앞에서 말했다. 그러고는「아Q정전」은 아무개가 지은 것이라고 추측했다. 왜 그런가? 왜냐하면 아무개만이 자기의 그 사적인 일을 알기 때문이다. ……그때부터 의심이 심해져서,「아Q정전」에서 욕하는 것이 전부 자기의 비밀이라고 생각했고,「아Q정전」을 싣는 신문과 유관한 기고자들은 모두 다, 그에게「아Q정전」의 작가라는 혐의를 받지 않을 수 없었다!「아Q정전」의 작가 이름을 알게 된 뒤에야 비로소 그는 작가가 자신과 면

---

* 전국시대 초나라의 민간 가곡. 통속적인 문학 예술 작품.
** 高一涵(1885~1968).『신청년』편집위원이었으며 신문화운동에 참여한 정치학자.

식이 없는 사람이라는 것을 알게 되었고, 그리하여 홀연 깨닫고서, 이번에는 자기를 욕한 게 아니라고 만나는 사람마다 해명했다. (제4권 제89기)

나는 그 '아무개' 선생에게 몹시 미안하다. 나 때문에 많은 날을 혐의를 받았으니 말이다. 애석하게도 그가 누구인지는 모르지만, '바런' 두 글자가 쓰촨 사람을 연상시키기 쉬우므로 어쩌면 쓰촨 사람일지 모른다. 이 작품이 『외침』에 실린 뒤에도 이렇게 묻는 사람이 있었다. 솔직히 말해서 누구와 누구를 욕한 거죠? 나는 슬프고 화가 났으며, 나 자신을 그렇게까지 천박하게 보이게끔 한 데 대해 스스로를 탓할 수밖에 없었다.

제1장이 발표된 뒤 곧 '고苦' 자가 닥쳐왔다. 7일마다 한 단락씩 써야 했던 것이다. 그때 나는 그다지 바쁘지는 않았지만, 유랑민이 되어* 통로로 사용하는 방에서 밤잠을 잤는데, 이 방은 뒤창이 하나 있을 뿐 글을 쓸 만한 자리조차 없으니, 잠시 조용히 앉아서 생각에 잠기는 것이 어떻게 가능하겠는가. 푸위엔은 지금처럼 살이 찌지는 않았지만, 실실

* 1919년 루쉰은 베이징 팔도만호동에 큰 주택을 구입하여 어머니와 부인, 그리고 두 동생 가족들과 함께 살았는데, 부인과 방을 같이 쓰지 않고 골방 같은 곳을 옮겨 다니며 혼자 방을 썼다. 그래서 유랑민이 되었다고 말한 것이다.

웃으면서 원고를 독촉하는 솜씨가 아주 좋았다. 매주 한 번씩 와서는 기회가 생겼다 하면 이렇게 말하는 것이었다. "선생님, 「아Q정전」 말입니다…… 내일은 조판에 넘겨야 합니다." 그래서 쓸 수밖에 없었다. 마음속으로 이렇게 생각하면서 말이다. "속담에 이르기를, '거지는 개가 무섭고, 수재秀才는 연간 시험이 무섭다'라는데. 나는 수재도 아니면서 주말 시험을 쳐야 하니, 정말로 딱하군……" 그러면서도 결국은 또 한 단락을 써낸다. 그런데 점점 진지해지는 것 같았다. 푸위엔도 그다지 '카이신'하지 않다고 느꼈기 때문에 제2장부터는 「신문예」란으로 옮겨졌다.

이렇게 1주일, 또 1주일 하는 식으로 시간이 지나가고, 그러다 보니 아Q가 혁명당이 될 것인가 하는 문제가 발생하지 않을 수 없게 되었다. 내 생각으로는, 중국이 혁명을 하지 않는다면 아Q도 하지 않고, 중국이 혁명을 한다면 아Q도 할 것이다. 나의 아Q의 운명도 그와 같을 수밖에 없고, 그의 성격도 결코 두 개가 아닐 것이다. 민국 원년은 이미 지나가버려서 추적할 수 없지만, 앞으로 다시 개혁이 있게 되면 아Q 같은 혁명당이 또 나타나리라고 나는 믿는다. 사람들이 말하는 것처럼, 내가 과거의 어느 한 시기를 그려냈을 뿐이기를 나 역시 몹시 바라지만, 내가 본 것이 현대의 전신前身이 아니라 그 후, 혹은 20~30년 후일까 봐 나는 두렵다. 사실 그렇다고 해서 혁명당에게 모욕이 되는 것은 아니다. 결국 아Q는 대나무 젓가락을 가지고 자기 변발을 이미 틀어 올렸던 것이니 말이다. 그로부터 15년 후, 창훙長虹도 '출판계로 뛰어들어' 중국의 셰비료프*가 되지 않았는가?

「아Q정전」이 두 달쯤 계속되자 나는 정말로 끝을 내고 싶었는데, 푸위엔이 반대했던 것 같기도 하고 끝을 내면 푸위엔이 항의할 것이라고 내가 스스로 짐작해버렸던 것 같기도 하고, 벌써 기억이 분명치 않기는 하지만, 아무튼 그래서 나는 「대단원」을 마음속에 숨겨두고 있었고, 그럼에도 아Q는 이미 조금씩 죽음의 길로 나아가고 있었다. 마지막 장에 이르렀을 때, 만약 푸위엔이 있었더라면 아마도 보류시키고 아Q를 몇 주일 더 살게 하라고 요구했을 것이다. 그러나 '기회가 도래'**했으니, 그는 귀성길에 오르고 아Q에 대해 아무런 애증이 없는 허쭤린何作霖 군이 대행하게 되었다. 나는 곧 「대단원」을 보냈고 그는 그것을 게재했다. 푸위엔이 귀경했을 때는 이미 아Q가 총살당한 지 한 달이 훨씬 지난 뒤였다. 푸위엔이 아무리 원고 독촉을 잘해도, 아무리 실실 웃어도, "선생님, 「아Q정전」 말입니다……"라는 말은 더 이상할 수 없게 된 것이다. 그래서 나는 한 가지 일을 마무리 지

---

* 러시아 작가 미하일 아르치바셰프의 중편소설 「노동자 셰비료프」의 주인공으로, 무정부주의자다. 가오창훙이 자신과 루쉰의 첫 만남을 셰비료프와 이 소설의 부주인공 알라제프의 만남에 비유한 바 있다.

** 원문은 '會逢其適'이다. 직역하면 '적절한 시기를 만나다'라는 뜻이다.

은 셈 치고 다른 일에 착수할 수 있었다. 다른 일이 무엇이었는지는 지금 기억나지 않지만, 아마도 그 비슷한 일이었을 것이다.

사실 「대단원」은 '생각나는 대로 아무렇게나' 만든 것은 아니었다. 그렇다고 처음 쓰기 시작했을 때 예상했었는지도 확실히 의문이다. 내 기억으로는 예상하지 못했던 것 같다. 하지만 그것도 어쩔 수 없는 것이, 누가 처음부터 사람들의 '대단원'을 예상할 수 있겠는가? 아Q에 대해서만이 아니라 나 자신의 미래의 '대단원'조차 도대체 어떻게 될지 나는 예상할 수 없는 것이다. 결국은 '학자' 혹은 '교수'인가? 아니면 '학비學匪' 혹은 '학곤學棍'인가?* '관료'인가, 아니면 '사법서사'인가? '사상계의 권위'인가, 아니면 '사상계의 선구자'인가, 그것도 아니면 '세상 물정에 밝은 노인'인가? '예술가'인가? '전사戰士'인가? 그것도 아니면 손님을 귀찮아하지 않는 특별한 '알라제프'**인가? 인가? 인가? 인가? 인가?

아Q에게는 물론 여러 가지 다른 결말이 있을 수 있지만, 그러나 그것은 내가 알지 못하는 일이다.

전에는 내가 '너무 지나치게' 쓴 곳이 많다고 느꼈었지만,

---

* 학비學匪는 학계의 도적, 반역자를 학곤學棍은 학계의 건달, 깡패를 뜻한다.
** 「노동자 셰비료프」의 작중 인물.

근래에는 그렇게 생각하지 않는다. 오늘의 중국의 일들을 사실 그대로 묘사한다면, 다른 나라 사람들이나 미래의 좋은 중국의 사람들이 보기에는 grotesk하게 느껴질 것이다. 나는 늘 어떤 일을 가상해보고는 스스로 그건 너무 이상한 생각이라고 여기곤 하는데, 그러나 그와 비슷한 사실을 만나고 보면 사실 쪽이 더욱 이상스러운 경우가 흔하다. 그 사실이 발생하기 전에는, 나의 천박한 식견으로는 전혀 생각지도 못했던 것들이다.

한 달 남짓 전에, 이 고장에서 강도를 총살시켰는데, 짧은 옷을 입은 두 사람이 각각 권총을 들고 모두 일곱 발을 쏘았다. 쏴도 죽지 않아서 그렇게 많이 쏜 것인지 아니면 죽었는데도 계속 쏜 것인지는 모르겠다. 당시 나는 나의 소년 동학同學들에게 감개를 토로하며 이렇게 말했다. 민국 초년에 처음 총살형을 채택했을 때의 모습이 바로 이랬는데, 이제 10여 년이 지났으니 진보가 있어야 하는 법, 죽는 자에게 이렇게 많은 고통을 주어서는 안 된다. 베이징에서는 그렇게 하지 않는다. 범인이 형장에 도착하기 전에 형리가 후두부를 한 방 쏘아서 생명을 끝장내는데, 본인은 알아차리기도 전에 이미 죽어버리는 것이다. 그러므로 베이징은 과연 '수도'인 것이어서 사형이라 하더라도 다른 지방들보다 훨씬 낫다.

그러나 며칠 전, 11월 23일 자 베이징 『세계일보』를 보고서 나의 말이 정확하지 않다는 것을 알았다. 6면에 '두샤오 쏸즈杜小拴子, 작두에 죽다'라는 제목의 기사가 있는데 모두 다섯 문단으로 되어 있는바 지금 여기에 그중 한 문단을 옮겨 적는다.

두샤오쏸즈는 작두형, 나머지 사람들은 총살. 그에 앞서, 위수사령부가 의군毅軍 병사들의 청원에 따라 '효수형'을 채택하기로 결정하였기 때문에 두 등이 형장에 도착하기 전에 형장에는 대형 작두 한 개가 미리 준비되었다. 작두는 장방형이고, 아래는 나무 받침, 가운데 홈에 두텁고 예리한 칼이 있고, 칼 아래쪽에는 구멍이 있는데, 나무 위에 비스듬히 박아놓아 아래위로 움직일 수 있다. 두 등 네 명이 형장에 들어오자, 호위병이 두 등을 호송차에서 내리게 하고 그들을 북쪽을 향하게 하여 이미 준비된 형구 앞에 세웠다. ……두는 무릎을 꿇지 않았다. 외우오구外右五區의 모 경관이 두에게 묻기를, 잡아줄 사람이 필요한가? 두는 웃으면서 대답하지 않았다. 그러고는 스스로 작두 앞으로 나아가 스스로 작두 위에 누워 처형을 기다렸다. 미리부터 칼을 들어올리고 있던 집행병은, 두의 머리가 적당한 자리에 오자 눈을 감으며 힘껏 작두질을 했고, 그러자 두의 몸과 머리는 더 이상 붙어 있지 않았다. 이때 엄청나게 많은 피가 흘러나왔다. 옆에서 꿇어앉아 총살을 기다리던 숭전산宋振山 등 세 명은 그 광경을 훔쳐보고 있었는데, 그중 자오전趙振 한 명은 몸을 떨기 시작했다. 그러자 모 소대장이 권총을 들고 숭 등의 뒤에 서서 먼저 숭전산을 쏘고, 이어서 리여우싼李有三과 자오전을 쏘았다. 모두 단 한 방으로 절명했다. ……그에 앞서, 살해당한 청부츠程步墀의 두 아들 중즈忠智와 중신忠信이 처형을 참관하며 방성대곡하고 있었는데, 처형이 끝나자 큰 소리로 부르짖기를, 아버지! 어머니! 부모님의 원수는 갚았어요! 우리는 어떻게 해야 합니까? 듣는 사람들은 모두 몹시 가슴이 아팠다. 이윽고 가족이 그들을 데리고 귀가했다.

진정으로 시대의 맥박을 느끼는 천재가 11월 22일에 이런 광경을 묘사한 소설을 발표했다면, 생각건대, 많은 독자들은 우리와는 거의 900년이나 떨어진 11세기의, 판관 포청천包青天 시대의 일을 이야기하는 거라고 생각했을 것임이 분명하다.

정말로 어떻게 해야 좋을지……

「아Q정전」의 번역본으로 말하자면, 내가 본 것은 두 가지뿐이다. 프랑스어 번역은 『유럽』8월 호에 실렸는데 3분의 1뿐이고 생략된 곳이 있다.* 영어 번역은 충실하게 된 것 같은데, 내가 영어를 잘 몰라서 뭐라고 말하지 못하겠다. 단지 우연히 발견한 바로는 검토할 만한 곳이 두 군데 있다. 하나는, "삼백대전구이천三百大錢九二串"은 "92문文을 100으로 쳐서 동전 300문"이라는 뜻으로 번역해야 한다는 것이다. 둘은, "감기름당枾油黨"은 음역하는 편이 낫다는 것이다. 원래 '쯔여우당自由黨'인 것을 시골 사람들이 이해하지 못하여 자기들이 아는 '스여우당枾油黨'으로 와전하였기 때문이다.

1926. 12. 3, 샤먼에서 씀

* 8월 호라는 것은 착오로 보인다. 징인위敬隱漁가 프랑스어로 번역한 「아Q정전」은 로망 롤랑의 추천으로 1926년 5월과 6월 프랑스 월간 문예지 『유럽Europe』 제41호와 제42호에 걸쳐 연재되었다. 생략된 곳은 제1장이다.

혁명문학*

금년에 남쪽에서 모두가 '혁명'을 부르짖는 소리를 들으니, 작년에 북쪽에서 다들 "빨갱이 토벌(討赤)"을 외치는 소리를 듣던 것과 똑같이 성대하다.

그리고 이 '혁명'은 문예계에도 스며들었다.

최근, 광저우의 일간신문에 우리에게 지시를 내리는 글이 한 편 실렸는데, 우리가 네 분의 혁명문학가를 모범으로 삼아야 한다고 부르짖었다. 이탈리아의 단눈치오, 독일의 하웁트만, 스페인의 이바녜스,** 중국의 우즈후이.***

---

* 상하이의 『민중순간民衆旬刊』 제5기(1927. 10. 21)에 발표. 집필 날짜는 밝히지 않았다. 여기서 혁명문학의 혁명이 가리키는 것은 국민혁명이지, 사회주의혁명이 아니다. 국민혁명은 국민당과 공산당이 합작하여 베이징 군벌 정부를 타도하고자 한 것이었는데, 1927년 4월 12일 혁명 세력 내부의 정변으로 국민당 우파에 의해 장악되었다.

** Vicente Blasco Ibáñez(1867~1928). 공화당의 지도자로서 왕정에 반대한 정치가이기도 한데, 1923년에 국외로 추방되었다.

*** 吳稚暉(1865~1953). 무정부주의자. 국민당의 네 원로 중 하나로서 1927년 당시에 국민당을 구하자는 명분으로 '청당淸黨'을 주장했다.

두 분의 제국주의자, 한 분의 자기 나라 정부의 반역자, 한 분의 국민당 구하기의 발기자, 이들 모두를 혁명문학의 모범으로 삼아야 하고, 그리하여 혁명문학은 알 수 없는 오묘한 것이 되어버렸다, 왜냐하면 그것은 참으로 지난한 과업이기 때문에.

그리하여 세간에서 두 가지 문학을 혁명문학이라고 오해하곤 하는 것은 부득이한 일이다. 하나는 한쪽 지휘도指揮刀의 엄호 아래 그의 적수를 욕하는 것이고, 다른 하나는 종이 위에 "타도하라, 타도하라" "죽여라, 죽여라" 혹은 "피, 피"라고 수없이 쓰는 것이다.

만약에 이것이 '혁명문학'이라면, '혁명문학가'가 되는 것은 참으로 통쾌하고 안전한 일이다.

지휘도 아래에서 욕을 하고, 재판석에서 욕을 하고, 관영신문에서 욕을 하니, 참으로 위대하도다 일세의 영웅이여. 그것의 교묘함은 욕먹는 자가 감히 입을 열지 못한다는 데 있다. 그리고 또 다음과 같이 말하는 사람도 있다, 이렇게 감히 입을 못 열다니, 또 얼마나 비겁한 것인가? 상대에게 "살신성인殺身成仁"의 용기가 없는 것, 이것이 두번째 죄가 되고, 이것으로 혁명문학가의 영웅 됨은 더욱더 잘 드러난다. 이 문학이 강포한 자에 대한 혁명이 아니라, 실패한 자에 대한 혁명이라는 것이 애석할 뿐이다.

당나라 때 사람*은 벌써 알고 있었다. 가난한 서생은 부귀의 시를 지으면서 '금' '옥' '금錦' '기綺' 같은 글자를 잔뜩 늘어놓고는 스스로 호화롭다 여기지만, 그 가난함이 더 잘 드러남을 모른다는 것을. 참으로 부귀의 모습을 그릴 줄 아는 사람은, "악기 반주의 노래는 정원으로 돌아가고, 등불은 누대를 내려간다笙歌歸院落, 燈火下樓臺"라고 말했는데, 여기에 그런 글자는 전혀 사용되지 않았다. "타도하라, 타도하라" "죽여라, 죽여라"라는 소리가 듣기에는 실로 용맹하다. 하지만 혼자 북 치는 것에 불과하다. 설사 전쟁터의 북이라 하더라도 만약 앞에는 적군이 없고 뒤에는 아군이 없다면, 결국은 혼자서 북 치는 것에 지나지 않는다.

근본적인 문제는 작자가 하나의 '혁명인革命人'인가에 달려 있고, 만약 그렇다면, 무슨 일을 쓰든, 무슨 재료를 사용하든, 모두 다 '혁명문학'이라고 나는 생각한다. 샘에서 나오는 것은 다 물이고, 혈관에서 나오는 것은 다 피다. "혁명을 제목으로 쓴 시험 답안지"**는, 눈먼 시험관이나 겨우 속일 뿐이다.

그러나 '혁명인'은 드물다. 러시아 시월혁명 때, 확실히 수

---

* 당나라 시인 백거이白居易(772~846)를 가리킨다. "笙歌歸院落, 燈火下樓臺"는 백거이의 시구이다.

** 원문은 '賦得革命, 五言八韻'이다. 봉건시대 과거 시험에서 시를 지을 때 제목 앞에 '부득賦得'이라는 말을 붙여서 출제하고, 5언 8운 16구의 시를 짓게 한 것을 끌어들여 소위 혁명문학의 상투성을 풍자한 것이다.

많은 문인들이 혁명을 위해 진력했었다. 하지만 사실事實의 광풍은, 결국 그들을 당황하게 했다. 분명한 예는 시인 예세 닌*의 자살이고, 소설가 소볼**도 있는데, 그의 마지막 말은 "더 살아갈 수가 없다!"였다.

혁명 시대에는 "더 살아갈 수가 없다"라고 크게 외치는 용기가 있어야, 비로소 혁명문학을 할 수 있다.

예세닌과 소볼은 결국 혁명문학가가 아니었다. 왜 그런가, 러시아는 정말로 혁명을 하고 있었기 때문이다. 혁명문학가가 바람이 일자 구름이 치솟듯이 있는 곳에는, 실은 혁명이 없는 것이다.

* 세르게이 예세닌(1895~1925). 혁명을 지지한 소련의 시인으로, 1922년에 미국의 무용가 이사도라 덩컨과 결혼했으나 덩컨과의 관계가 파탄에 이른 뒤 1925년에 자살했다.

** 유리 미하일로비치 소볼(1888~1926). 혁명을 지지한 소련의 소설가로, 안드레이 소볼이라고도 불렸다. 장편소설 『먼지』와 단편소설 「벚꽃이 필 때」를 썼고, 1926년에 자살했다.

좌익작가연맹에 대한 의견*
—3월 2일, 좌익작가연맹** 성립 대회에서의 강연

이미 많은 문제에 대하여 다른 분의 상세한 말씀이 있었으므로 제가 되풀이할 필요는 없겠습니다. 저는 지금의 '좌익' 작가는 '우익' 작가로 변하기 쉽다고 생각합니다. 왜 그런가? 첫째, 실제의 사회 투쟁과 접촉하지 않고 오직 유리창 속에 갇힌 채 글을 짓고 문제를 연구하는 것일 뿐이라면 제아무리 격렬한 '좌'라도 쉽게 할 수 있습니다만, 그러나 실제에 부딪히게 되면 금세 부서져버릴 것입니다. 집 안에 갇혀 있으면, 철저한 주의를 논하기도 아주 쉽지만 '우경화'하기도 아주 쉽습니다. 서양의 이른바 'Salon 사회주의자'라는 것은 바로 이를 가리켜 말하는 것입니다. 'Salon'은 응접실이라는 뜻이거니와, 응접실에 앉아 아주 고상하고 아주 아름답

---

* 『맹아월간萌芽月刊』 제1권 제4기(1930. 4. 1)에 발표되었다. 원제는 「對于左翼作家聯盟的意見」.

** 약칭 '좌련.' 1930년 4월 상하이에서 결성된 반反국민당 통일전선의 문학인 단체. 마르크스주의자뿐 아니라 다수의 진보적인 작가들도 참여하였다. 1936년에 해체되었다.

116

게 사회주의를 논하나 실행할 생각은 결코 없습니다. 이러한 사회주의자는 조금도 믿을 수 없습니다. 더구나, 이제 광의의 사회주의사상을 가지지 않은 작가나 예술가는, 즉 노동자 농민 대중은 마땅히 노예가 되어야 하고 마땅히 학살당하고 착취당해야 한다고 말하는 작가나 예술가는 거의 없어졌습니다. 무솔리니는 예외이지만, 무솔리니는 문예 작품을 쓴 적이 없지요(물론, 그런 작가가 완전히 없어졌다고 할 수는 없겠습니다. 예를 들면 중국의 신월파新月派 문학가들이나 앞서 말한 무솔리니가 총애한 단눈치오 등이 그렇습니다).

둘째, 혁명의 실제 상황을 알지 못할 때에도 쉽게 '우익'으로 변합니다. 혁명은 고통스럽고, 그 속에는 더러움과 피가 섞여 있을 수밖에 없으며, 결코 시인이 상상하는 것처럼 재미있거나 아름답지 않습니다. 혁명은 더욱이 현실적인 일이어서 온갖 비천하고 귀찮은 작업을 필요로 하며, 결코 시인이 상상하는 것처럼 낭만적이지 않습니다. 혁명에는 물론 파괴가 있지만 그 이상으로 건설을 필요로 하거니와, 파괴는 통쾌하지만 건설은 귀찮은 일입니다. 그러므로 혁명에 대해 낭만적인 환상을 품은 사람이 막상 혁명에 접근하고 혁명의 진행에 봉착하면 금세 실망하게 되기 쉽습니다. 러시아의 시인 예세닌도 처음에는 시월혁명을 대단히 환영하며 "천상과 지상의 혁명, 만세!"라고 외치고 "나는 볼셰비키다!"라고 말하기도 했지만, 혁명 이후의 실제 상황이 그의 상상과 완전히 다른 것을 보고는 마침내 실망하여 퇴폐로 떨어졌다고 합니다. 예세닌은 나중에 자살했는데, 그 실망이 자살의 한 원인이었다고 합니다. 필니악이나 예렌부르크 같은 사람들도 다 마찬가지 예입니다. 우리 나라의 신해혁명 때에도 같은 예가 있었습니다. 당시의 많은 문인들은, '남사南社'*에 속하는 사람들을 예로 들면, 처음에는 대체로 혁명적이었습니다. 그러나 그들은 만주인을 몰아내기만 하면 모든 면에서 '한인漢人 관료의 위엄'이 회복되고 사람들은 모두 소매가 큰 옷에 높은 관과 넓은 띠 차림을 하고 큰 걸음으로 거리를 걸어 다니리라는 환상을 품고 있었습니다. 만청滿清의 황제를 몰아내고 민국民國이 성립되자, 아뿔싸, 상황은 전혀 다르게 펼쳐졌고, 그리하여 그들은 실망했습니다. 나중에는 새로운 운동에 반동하는 사람들까지 있었습니다. 혁명의 실제 상황을 알지 못한다면 우리 역시 그들과 똑같은 꼴이 되기 쉽습니다.

또, 시인이나 문학가는 다른 어떤 사람들보다 고귀하고 그의 일이 다른 어떤 일들보다 귀중하다고 생각하는 것 역시 부정확한 관념입니다. 예컨대 옛날에 하이네는 시인은

---

* 1909년에 류야즈柳亞子 등에 의해 결성된 문학 단체. 시문詩文으로써 반청혁명反清革命을 고취하였으나, 신해혁명 이후 대다수가 보수화하여 변질되었다. 1923년에 해체.

가장 고귀한 사람이고 하느님은 아주 공평하므로 시인이 죽어서 하느님에게로 가면 하느님은 그를 자기 곁에 앉히고 달콤한 과자를 줄 것이라고 생각했습니다. 오늘날, 하느님이 달콤한 과자를 줄 거라고 믿는 사람은 물론 아무도 없겠지만, 그러나 시인이나 문학가가 지금 노동 대중을 위해 혁명을 하면 장차 혁명이 성공한 뒤에 틀림없이 노동계급이 듬뿍 보답을 해주겠지, 특별 대우를 해주고, 특등 차를 태워주고, 특등 음식을 먹게 해주겠지, 혹은 노동자들이 버터 빵을 바치며 "우리의 시인이여, 드십시오!" 하겠지,라고 생각하는 것도 부정확한 것입니다. 실제로 그런 일은 결코 없을 것이며, 그때가 되면 지금보다 더 힘들어져서 버터 빵은 물론이고 흑빵조차 없게 될지도 모릅니다. 러시아혁명 후 1, 2년 동안의 상황이 그 예입니다. 이런 사정을 알지 못한다면, 역시 '우익'으로 변하기 쉽습니다. 사실 노동자 대중은 량스츄梁實秋가 말하는 '유망'한 자가 아닌 한, 지식계급의 사람을 결코 특별히 중시하지는 않을 것입니다. 예컨대 제가 번역한 『훼멸』*에서 메치크(지식계급 출신인)는 오히려 광부들에게 늘 비웃음을 당합니다. 말할 것도 없이, 지식계급에게는 지식계급이 해야 할 일이 있으므로 부당하게 경시되어서는 안

---

* 알렉산드르 파데예프의 장편소설. 러시아혁명 직후 내전에 휩싸인 극동 시베리아 지역에서 소비에트 빨치산들이 벌이는 투쟁을 그렸다.

되겠지만, 그렇다고 노동계급이 시인이나 문학가를 특별히 예외적으로 우대해야 할 의무는 결코 없는 것입니다.

이제, 우리가 앞으로 주의해야 할 점 몇 가지에 대해 말씀 드리겠습니다.

첫째, 구사회 및 구세력에 대한 투쟁은 견결히 하고 부단히 계속하며 실력 배양에 힘을 기울여야 합니다. 구사회의 뿌리는 본래 대단히 견고한 것이므로, 새로운 운동은 그보다 더 큰 힘을 갖추지 못하면 그것을 조금도 뒤흔들 수 없습니다. 게다가 구사회는 신세력을 타협하게 하는 묘한 수법까지 갖고 있는데, 그 자신은 절대로 타협하지 않는 것입니다. 중국에도 새로운 운동이 많이 있었지만 항상 새로운 것이 낡은 것을 이겨내지 못했는데, 그 원인은 대체로 새로운 것 쪽에 견결하고 광대한 목적이 없고 요구하는 바가 작아서 쉽게 만족해버린다는 데에 있습니다. 백화문白話文 운동을 예로 들면, 구사회가 처음에는 필사적으로 저항했지만 오래지 않아 백화문의 존재를 허용하고 약간의 지위를 부여해주어, 신문 귀퉁이 같은 곳에서 백화로 쓰인 글을 볼 수 있게 되었습니다. 이는 구사회가 보기에 새로운 것이 대수로운 게 아니고 무서워할 만한 것도 못 되어 그 존재를 허용해준 것이고, 새로운 것 쪽에서도 백화문이 이미 존재권을 얻었다고 생각하며 만족해버린 것입니다. 또 최근 1, 2년 동안의 프로문학 운동 같은 경우도 대동소이합니다. 구사회가 프로문학 운동을 허용하는 것은, 프로문학이 결코 무서운 것이 못 되고, 오히려 자기들도 프로문학을 하여 그것을 장식품 삼으면 마치 응접실에 골동 자기를 잔뜩 늘어놓고 거기다 노동자가 쓰는 거친 그릇을 하나 끼워 놓는 것처럼 별다른 운치가 있기 때문입니다. 그리고 프로문학가 쪽으로 말하자면, 그들은 이미 문단에서 조그마한 지위를 얻었고 원고도 팔 수 있게 되었으니 더 이상 투쟁할 필요가 없는 것입니다. 비평가들은 "프로문학은 승리했다!"라고 개선가를 부릅니다. 그러나 개인적 승리 말고 프로문학으로 말하자면 도대체 얼마나 승리한 것입니까? 하물며 프로문학은 프롤레타리아계급 해방 투쟁의 일익으로서 프롤레타리아계급 사회적 세력의 성장과 함께 성장하는 것인데, 프롤레타리아계급의 사회적 지위가 낮은 때에 프로문학의 문단 내 지위가 반대로 높다면, 이는 프로문학이 프롤레타리아계급을 이탈하여 구사회로 복귀해버렸다는 것을 증명해줄 따름이겠습니다.

둘째, 저는 전선을 확대해야 한다고 생각합니다. 재작년과 작년에 문학에서 전쟁이 있기는 있었지만, 그 범위가 정말로 너무 좁았습니다. 구문학과 구사상은 신파新派 사람들의 주의를 조금도 받지 않았고, 반대로 한구석에서 벌어지는 신문학가와 신문학가 사이의 투쟁을 구파舊派 사람들이 곁에서 한가롭게 관전하는 꼴이 되어버렸습니다.

셋째, 우리는 새로운 전사戰士를 대거 배출해야 합니다. 현재 일손이 정말로 너무나 적기 때문입니다. 예컨대 우리는 여러 종의 잡지가 있고 단행본도 적잖이 출판하지만 글을 쓰는 사람이 늘 그 사람이 그 사람인 몇몇에 지나지 않으므로 내용이 빈약해지지 않을 수 없습니다. 한 사람이 일을 하면서 전문성을 갖지 못하고 이것도 좀 하고 저것도 좀 하고, 번역을 해야 하는 데다 소설도 써야 하고 비평도 해야 하고 또 시도 써야 하니, 이래서야 어떻게 잘할 수 있겠습니까? 이는 모두 사람이 너무 적은 까닭입니다. 사람이 많아지면, 번역하는 사람은 번역만 할 수 있고, 창작하는 사람은 창작만, 비평하는 사람은 비평만 할 수 있습니다. 적과 싸울 때에도 군세가 웅대하면 그만큼 쉽게 이길 수 있는 것입니다. 이 점에 관해, 곁들여서 한 가지 말씀드릴 게 있습니다. 재작년 창조사創造社와 태양사太陽社가 저에게 공격을 퍼부었을 때* 그 힘이 정말로 빈약해서 나중에는 저마저 다소 시시하다는 느낌을 받았고, 반격할 생각이 사라져버렸는데, 그것은 나중에 제가 적이 '공성계空城計'를 펴고 있다는 것을 알아차렸기 때문입니다. 그때 저의 적은 북 치고 나팔 부는 데에만 전념할 뿐, 병사를 모아 훈련시키는 데는 힘을 기울

* 1928년 혁명문학 논쟁 당시 프롤레타리아 혁명문학을 주장하던 '창조사'와 '태양사'가 루쉰을 소시민 작가라고 매도한 것을 가리킨다.

이지 않았던 것입니다. 저를 공격하는 글은 물론 많았지만, 그러나 그 모두가 이름만 바꾼 것임을 한눈에 알 수 있었습니다. 여러 가지로 비난해댔지만, 전부 같은 말 몇 가지를 되풀이하는 데 지나지 않았던 것입니다. 저는 그때 마르크스주의비평의 사격술을 구사할 줄 아는 사람이 나서서 저를 저격해주기를 기다렸지만, 그런 사람은 끝내 나타나지 않았습니다. 제 쪽에서 오히려 줄곧 새로운 청년 전사의 양성에 주의를 기울이며 여러 개의 문학 단체를 만들었던 것입니다. 비록 별로 효과를 거두지는 못했지만 말입니다. 그러나 우리는 앞으로 이 점에 주의해야 합니다.

우리는 새로운 전사를 대거 배출하는 일이 시급하지만, 그와 동시에 문학 전선에 서는 사람으로서 '끈기'가 있어야 합니다. 끈기가 있어야 한다는 것은 옛날 청나라의 팔고문八股文 짓기처럼 '문 두드리는 벽돌' 같은 방식이 되어서는 안 된다는 것입니다. 청나라의 팔고문은 본래 '급제'하여 관리가 되기 위한 도구로서, '기승전결'을 갖추어 그것으로 '수재秀才·거인擧人'에 들기만 하면 팔고문을 버려버리고 평생 다시 사용하지 않아도 됩니다. 그러므로 '문 두드리는 벽돌'이라고 부르는 것입니다. 벽돌로 두드려 문이 열리면, 벽돌은 던져버려도 되고 다시는 몸에 지닐 필요가 없는 것과 같습니다. 이런 방식은 오늘날에 이르기까지도 많은 사람들에게 사용되고 있습니다. 시집이나 소설집을 한두 권 낸 뒤 영원히 사라져버리는 사람들을 종종 봅니다. 어디로 간 것일까요? 책을 한두 권 내고 작든 크든 명성을 얻으면 교수 혹은 그 비슷한 다른 지위를 얻게 되고, 이렇게 공명功名을 이루고 나면 더 이상 시나 소설을 쓸 필요가 없기 때문에 영원히 사라져버리는 것입니다. 이러하기 때문에 중국에는 문학이든 과학이든 물건이 없습니다. 그러나 우리는 물건을 갖고 싶습니다. 그것이 우리에게 유용하기 때문입니다(루나차르스키는 외국인에게 팔면 경제적으로 도움이 될 수 있다는 이유로 러시아의 농민 미술을 보존하자고 주장하기까지 했습니다. 만일 다른 사람에게 내다 팔 수 있는 물건이 우리의 문학이나 과학에 있다면, 제국주의의 압박을 벗어나려는 정치 운동에도 도움이 되리라고 저는 생각합니다). 하여간 문화에서 성과를 거두려면 끈기가 없어서는 안 됩니다.

마지막으로, 연합 전선은 공동의 목적을 필요조건으로 한다고 저는 생각합니다. 제가 기억하기로 이런 말을 들은 적이 있는 것 같습니다. "반동파들은 벌써 연합 전선을 결성했는데, 우리는 아직 단결하지 못했다." 기실 그들이 의식적으로 연합 전선을 결성한 것은 결코 아닙니다. 다만 그들의 목적이 같기 때문에 행동이 일치하는 것이며, 그것이 우리에게는 연합 전선같이 보이는 것입니다. 그리고 우리가 전선을 통일하지 못하는 것은 목적이 일치되지 못한다는 것을 입증합니다. 어떤 사람은 소집단만이 목적이고 어떤 사람은 기실 개인만이 목적입니다. 만일 목적이 모두 노동자 농민 대중에게 있다면 당연히 전선도 통일될 것입니다.

죽음*

케테 콜비츠Käthe Kollwitz의 판화 선집을 출간할 때 스메들리A. Smedley 여사에게 서문을 부탁했다. 아주 적절한 필자 선정이라고 생각했다. 그 두 사람이 원래부터 서로 잘 아는 사이였기 때문이다. 오래지 않아 완성된 원고를 마오둔茅盾 선생에게 굳이 부탁하여 번역했고, 그것을 선집에 실었다. 그중에 다음과 같은 대목이 있다.

오랜 세월 동안 케테 콜비츠—그녀는 자신에게 주어진 직함**을 한 번도 사용한 적이 없다—는 많은 데생과 스케치, 연필 스케치와 펜 스케치, 목판화, 동판화를 제작했다. 이것들을 연구해보면, 크게 두 개의 주제가 지배하고 있음을 알 수 있다. 젊었을 때의 주제는 반항

* 반월간 『중류中流』 제1권 제2기(1936. 9. 20)에 발표되었다. 원제는 「死」.
** 케테 콜비츠는 독일 정부로부터 교수 칭호를 받고 예술원 회원으로 초빙되었으며 '예술 대가'라는 칭호를 받았다.

이고, 만년의 주제는 모성애, 모성의 보호, 구원, 그리고 죽음이다. 그러나 그녀의 작품 전체에 비치는 것은 수난과 비극의 의식, 그리고 억압받는 자들을 보호하려는 깊은 열정의 의식이다.

한번은 그녀에게 이렇게 물어보았다. "옛날엔 반항을 주제로 했었는데, 이제는 적잖이 죽음이라는 관념에 붙들려 있는 것같이 보여요. 그건 왜죠?" 그녀는 몹시 씁쓸한 어조로 대답했다. "내가 하루하루 늙어가기 때문인가 봐요!" ……

그때 나는 여기까지 읽고 생각해보았다. 헤아려보면 그녀가 '죽음'을 제재로 하기 시작한 때는 1910년경이었다. 그때 그녀는 겨우 마흔서넛에 지나지 않았다. 올해 내가 이렇게 '생각해본 것'은 물론 나이와 관계된다. 10여 년 전을 돌이켜보면, 죽음에 대해 이런 심각한 느낌은 들지 않았었다. 우리의 생사는 벌써 오래전부터 남들에게 멋대로 내맡겨져 그 경중을 따지는 게 별 의미가 없다고 생각되어왔고, 그리하여 나 자신도 될 대로 되라는 식으로 생각했을 뿐 유럽인처럼 진지하지 못했던 것 같다. 중국인이 죽음을 제일 무서워한다고 말하는 외국인들도 있다. 기실 그 말은 옳지 않다. 물론, 언제나 뭐가 뭔지도 모르는 채 죽어가는 것은 사실이다.

사람들이 믿는 사후 상태가 죽음에 대한 무관심을 더욱

부추긴다. 누구나 알고 있듯 우리 중국인들은 귀신(요즈음은 '영혼'이라고도 한다)이 있다고 믿는다. 귀신이 있다면, 죽은 뒤에 비록 사람은 아닐지라도 귀신은 되기 때문에 아무것도 없는 상태가 되지는 않는 셈이다. 다만 귀신으로 있는 시간이 얼마나 되는지에 대한 생각은 그 사람이 생전에 누린 빈부에 따라 달라진다. 가난한 사람들은 대체로 사후에 곧 윤회가 시작된다고 생각하는데, 그것은 불교에서 비롯된 것이다. 물론 불교에서 말하는 윤회는 절차가 복잡하여 결코 그렇게 단순하지 않지만, 가난한 사람들은 대체로 배우지 못한 탓에 그것을 잘 알지 못한다. 사형수가 형장으로 끌려갈 때 "20년 후에는 다시 사나이로 태어날 거야"라고 소리치며 조금도 두려워하는 기색이 없는 것은 그 때문이다. 게다가 귀신의 옷차림은 임종 때의 그것과 똑같다고들 하는데, 그렇다면 가난한 사람들은 좋은 옷이 없으니 귀신이 되어서도 여전히 볼품없을 터, 즉시 모태로 들어가 벌거숭이 갓난아이가 되는 편이 훨씬 나을 것이다. 배 속에서부터 거지 옷이나 수영 선수 옷을 입고 태어나는 아이를 본 적이 있는가? 그런 일은 없다. 그렇다면 새로이 시작하는 편이 낫다. 어쩌면 이렇게 묻는 사람이 있을지도 모른다. 윤회를 믿는다 할 때 내세에 더욱 가난한 처지로 떨어지거나 아예 축생도畜生道로 떨어질지도 모르니 더욱 두려운 일이 아닌가. 그러나 내가 보기에 그들은 절대로 그렇게 생각하지 않고,

자기가 축생도로 떨어져 마땅할 죄를 지은 적이 없다고 확신한다. 사실상 그들은 축생도로 떨어질 만한 지위와 권세와 돈을 소유한 적이 없는 것이다.

그러나 지위와 권세와 돈을 가진 사람들도 자신이 축생도로 떨어져 마땅하다고는 결코 생각지 않는다. 그들은 오히려 거사居士가 되어 성불을 준비하는가 하면 독경복고讀經復古를 주장하며 성현이 되려고까지 한다. 그들은 살았을 때 인간의 도리를 초월했던 것처럼 죽은 뒤에도 윤회를 초월할 수 있으리라고 생각한다. 약간의 돈푼이라도 가진 사람들 또한 윤회를 벗어날 수 있다고 생각하지만, 이들은 별다른 웅재대략雄材大略은 없이 다만 마음 편히 귀신이 될 준비를 한다. 그래서 나이 쉰 안팎이 되면 스스로 장지를 마련하고 관을 준비하고 소지燒紙를 하여 미리 명부에 저축을 해놓는데, 자손을 낳았으므로 해마다 공양을 받을 수 있다. 이쯤 되면 사실 사람으로 있는 것보다 더 행복한 것이다. 만약 내가 지금 이미 귀신이 되어 있고 이 세상에 착한 자손이 있다면 이리저리 원고를 팔거나 베이신서국北新書局 출판사에 정산을 해달라고 할 필요가 없다. 단지 녹나무나 매목埋木으로 만든 관 속에 편안히 누워 있기만 하면 제사 때나 명절 때마다 한 상의 진수성찬과 한 다발의 지폐가 눈앞에 놓이는 것이니, 어찌 즐겁지 않겠는가!

대체로 말하자면, 아주 부유한 자들은 저승의 법도와 무관하지만 대저 가난한 사람들은 즉시 다시 태어나는 편이 낫고 중간층은 귀신으로 오래 있는 편이 낫다. 중간층이 기꺼이 귀신으로 있고 싶어 하는 것은 귀신의 생활(이 두 글자에는 큰 어폐가 있지만 다른 적당한 명사가 떠오르지 않는다)이 그가 아직 싫증을 느끼지 않은 사람의 삶의 연속이기 때문이다. 저승에도 물론 지배자가 있을 터이며 아주 엄격하고 공평하겠지만, 그에게만은 유독 융통성 있게 대해줄 것이고 뇌물도 받을 것이다. 마치 인간 세계의 좋은 관리처럼.

어떤 사람들은 무신경해서 임종 때에도 그다지 마음을 쓰지 않는 것 같다. 나 역시 이제까지 이런 무신경당의 한 사람이었다. 30년 전 의학을 배우던 무렵 영혼의 유무에 대해 연구해본 적도 있지만 결과는 알 수가 없었다. 또 죽음이 고통스러운 것인지에 대해서도 연구해보았지만 결과가 한결같지 않았는데, 그 뒤로는 더 이상 깊이 연구하지 않았고 그러다 잊어버렸다. 근래 10년 동안, 때로 친구의 죽음에 바치는 글을 쓰기도 했지만 나 자신의 죽음에 대해서는 미처 생각이 미치지 못했다. 최근 2년 동안 병이 아주 잦아진 데다 앓을 때마다 그 시간이 제법 길어진 탓에 비로소 나이 생각이 들기 시작했다. 물론, 일부 작가들이 호의든 악의든 이 문제를 끊임없이 말하는 탓도 있다.

작년부터 병후 요양 때마다 등나무 장의자에 누운 채, 체력을 회복한 뒤 착수해야 할 일에 대해 생각하는 게 습관이 되었다. 무슨 글을 쓸까. 무슨 책을 번역할까, 혹은 출간할까. 생각이 정해지면 마지막으로 이렇게 말한다. 그래, 그렇게 하자—하지만 빨리 해야겠어. "빨리 해야겠어"라는 생각은 전에는 하지 않던 생각이다. 부지중에 자신의 나이를 떠올렸기 때문이다. 그러나 여전히 직접 "죽음"에 대해 생각해본 적은 없었다.

올해 큰 병을 치르면서 비로소 죽음에 대한 예감이 뚜렷이 들기 시작했다. 처음엔 여느 때나 마찬가지로 일본 S의사*의 손에 일임했었다. 그는 폐병 전문의는 아니지만 나이가 많고 경험이 많은 데다 의학을 공부하던 때로 말하자면 내게 선배가 되고, 또 무척 친근하며 말을 잘 해주었다. 물론, 아무리 친근하더라도 의사가 환자에게 하는 말에는 한계가 있다. 그렇지만 그는 내게 이미 적어도 두세 번은 경고했다. 다만 내가 여전히 마음에 두지 않고 다른 사람들에게도 이야기하지 않았을 뿐이다. 아마 병이 너무 오래가고 증상이 너무 심해진 까닭이었을 것이다. 몇몇 친구들이 자기들끼리 상의하여 미국의 D의사에게 진찰을 받게 하였다. 그는 상하이에서 유일한 서양인 폐병 전문의인데 진맥과 청

* 스도 이오조須藤五百三. 일본의 퇴직 군의로서 당시 상하이에서 개업 중이었다. 그가 실은 일본의 공작원이었고 치료라는 명분 아래 루쉰을 치밀하게 죽음으로 몰고 갔다는 설이 제기되기도 했으나 시비는 분명치 않다.

진을 끝낸 뒤 내가 질병에 저항력이 아주 강한 전형적인 중국인이라고 칭찬해주기는 했지만, 내가 곧 죽게 될 거라고 선고했다. 또, 서양인이었다면 5년 전에 벌써 죽었을 거라고도 했다. 이 판결에 다감한 친구들은 눈물을 흘렸다. 나는 그에게 처방을 부탁하지 않았다. 왜냐하면 그의 의학은 서양에서 배운 것이고 따라서 죽은 지 5년이나 되는 환자에게 처방을 내리는 방법은 배운 적 없음이 분명하다고 생각되었기 때문이다. 그러나 D의사의 진단은 정말로 정확한 것이었다. 나중에 엑스레이 사진으로 가슴을 찍어보니 그 모습이 대체로 그의 진단과 같았다.

아무리 그의 선고에 개의치 않으려 해도 약간의 영향을 받지 않을 수 없었다. 밤낮으로 누워만 있을 뿐, 말할 기운도 책을 볼 기운도 없었다. 신문조차 들지 못했는데, "마음이 오래된 우물과 같은" 경지에 이를 정도로 수양을 쌓지 못했으므로 '죽음'에 대해 생각해보지 않을 수 없었다. 이때부터 이따금 '죽음'을 생각하게 되었다. 물론, 그 생각은 "20년 뒤에 다시 사나이로 태어날 거야"라거나 녹나무로 만든 관 속에서 어떻게 오래오래 지낼까 따위의 것이 아니라, 임종 전에 처리해야 할 자질구레한 일들에 대한 것이었다. 바로 이때, 나는 내가 사람이 죽어 귀신이 되는 일은 없다고 믿는다는 것을 비로소 확신하게 되었다. 다만 유서를 쓰는 데 생각이 미쳤을 뿐인데, 내가 고관대작의 지위에 천만금의 재

산을 가졌다면 아들과 사위, 그리고 그 밖의 사람들이 유서
를 써놓으라고 벌써부터 나를 다그쳤을 것임이 분명하다는
생각이 들었다. 아직까지 아무도 유서 얘기를 꺼내지 않았
다. 하지만 나도 한 장 남기는 게 좋겠지. 그때는 꽤 이것저
것 생각해서 결정했던 것 같은데, 모두 집안사람들에게 주
는 것이었고, 그중에는 다음과 같은 것들이 있었다.

1. 상사喪事를 위해 사람들에게 돈을 한 푼이라도 받
   아서는 안 된다.—단, 오랜 친구들만은 예외임.
2. 빨리 입관하고 매장하고 끝내버릴 것.
3. 기념행사는 어떤 식의 것이든 하지 말 것.
4. 나를 잊고 자신의 삶에 충실할 것.—그러지 않으
   면 진짜 멍청이다.
5. 아이가 성장하여 재능이 없다면 조그마한 일을 택
   해 살아갈 것. 절대로 유명무실한 문학가나 미술가
   가 되어서는 안 된다.
6. 다른 사람이 주겠다고 한 것을 기대하지 말 것.
7. 다른 사람에게 해를 끼치면서도 복수에 반대하고
   관용을 주장하는 사람은 절대로 가까이하지 말 것.

물론 그 밖에도 더 있지만 지금은 기억나지 않는다. 다만
하나 더 기억나는 것은, 열이 날 때, 서양인들이 임종 시에

죽음   133

다른 사람들에게 용서를 빌고 자신도 다른 사람들을 용서해 주는 의식을 치르곤 한다는 이야기에 대해 생각해보았다는 것이다. 나의 적은 많다고 할 수 있다. 만일 신식新式의 사람이 내게 묻는다면 어떻게 대답할까? 나는 생각해보고 이렇게 결정했다. 계속 그대로 원망하시라, 나 또한 한 사람도 용서하지 않을 테니.

　그러나 그 의식은 결코 거행되지 않았고, 유서도 쓰지 않았다. 그저 묵묵히 누운 채 이따금 더욱 절박한 생각을 떠올리곤 했을 뿐이다. 원래 이런 것이 죽어가는 것인가. 그러고 보면 뜻밖에 조금도 고통스럽지 않다. 다만, 임종의 순간만은 결코 이렇지 않을는지도 모른다. 그러나, 일생에 단 한 번이다. 어떻게 되더라도 참을 수 있으리라…… 그러다 나중에 호전의 계기가 생겨 병이 낫기 시작했다. 이제 와 생각해보면 그런 것들이 정말로 죽어갈 때의 상황은 결코 아닐는지 모른다. 정말로 죽어갈 때에는 그런 생각들조차 없을지도 모른다. 그러나 결국 어떠할지는 나도 모른다.

1936. 9. 5

야초―산문시집

제사題辭

침묵하고 있을 때, 나는 충실을 느낀다. 내가 막 입을 열려 하면, 바로 그 순간 공허가 느껴진다.

과거의 생명은 이미 사망했다. 이 사망이 내게 대환희*를 준다, 이로써 내가 알게 되니까 그것이 살아 있던 적이 있다는 걸. 사망한 생명은 이미 부패했다. 이 부패가 내게 대환희를 준다, 이로써 내가 알게 되니까 그것이 공허가 아니었다는 걸.

생명의 진흙이 지면에 버려져, 교목을 낳지 못하고, 야초만을 낳았으니, 이는 나의 잘못이다.

야초는, 뿌리가 깊지 않고, 꽃과 잎이 아름답지 않지만, 하지만 이슬을 흡수하고, 물을 흡수하고, 죽은 지 오래된 사람의 피와 살을 흡수하여, 각자 자신의 생존을 쟁취한다. 살았을 때는, 짓밟힐 것이요, 베어질 것이다, 사망하여 부패할 때까지 줄곧.

---

* 大歡喜. 불교 용어로 불법佛法을 청문聽聞하고 얻는 희열을 경희慶喜 혹은 대환희라고 한다. 석가모니의 제자 중 아난다를 한자로 의역할 때 경희라고 한다. 여기서는 불교적 의미 자체로 사용된 것이 아니라, 불교에서 말하는 대환희만큼이나 큰 기쁨이라는 뜻으로 사용된 것이다.

허나 나는 편안하고, 흔연하다. 나는 크게 웃으련다, 나는 노래 부르련다.

　나는 나의 야초를 사랑한다, 허나 나는 야초로 장식한 이 지면을 증오한다.

　땅속의 불은 지하에서 운행하고, 질주한다. 용암이 일단 분출하면, 모든 야초를, 그리고 교목을 다 태워버리고, 그리하여 또한 부패할 것 하나 없게 될 터.

　허나 나는 편안하고, 흔연하다. 나는 크게 웃으련다, 나는 노래 부르련다.

　천지가 이렇게 고요하니, 나는 크게 웃지도 노래 부르지도 못한다. 천지가 이렇게 고요하지 않더라도, 나는 아마 못할 것이다. 나는 이 한 무더기 야초를, 밝음과 어둠, 삶과 죽음, 과거와 미래 사이에서, 친구와 원수, 사람과 짐승, 사랑하는 자와 사랑하지 않는 자의 앞에 바쳐 증거로 삼는다.

　나 자신을 위해, 친구와 원수, 사람과 짐승, 사랑하는 자와 사랑하지 않는 자를 위해, 나는 희망한다 이 야초의 부패가, 빨리 오기를. 그러지 않으면, 내가 먼저 생존한 적 없게 되리니, 이는 진정 사망과 부패보다 더 불행한 것.

가거라, 야초여, 나의 제사에 잇달아!

　　1927. 4. 26, 루쉰이 광저우廣州의 백운루白雲樓*에서 씀

---

* 현 광저우 시 바이윈루白雲路 7호에 있는 3층 건물로, 루쉰은 2층에서 거
주했다.

1927년 7월 출간된 산문시집 『야초野草』의 「제사」로, 같은 해 4월 26일에 쓰인 글이다. 잡지 『어사』 제138호(1927. 7. 2)에 발표되었다. 『야초』에 실린 작품들은 전부 이 잡지에 발표되었다. 잡지 제목 '語絲'는 창간자들 몇 명이 어느 시집의 임의의 한 페이지에서 한 글자, 또 한 페이지에서 또 한 글자를 무작위로 찍어서 지었다고 한다. 따라서 중국어 발음으로 '위쓰' 혹은 우리말 발음으로 '어사'라 읽거나, 무작위로 찍은 두 글자를 조합하는 순간 결과적으로 의미가 발생한다는 점에 착안하면 '언어의 실'이라고 번역해도 될 것 같다. 실로 천을 짜듯이 언어로 작품을 짠다는 의미가 된다.

'제사'는 책의 첫머리에 그 책과 관계되는 노래나 시 등의 글귀를 인용한 것을 가리키는 말이다. 하지만 루쉰은 남의 글귀를 인용하지 않고, 자신이 새로 글을 써서 거기에 '제사'라는 제목을 붙였다. 그러므로 제목은 '제사'이지만, 실제 내용은 서문이나 서시에 해당한다고 볼 수 있다.

『야초』에 실린 산문시 23편과 「제사」 사이에는 집필의 시차가 존재한다는 사실에 주목해야 한다. 산문시 23편을 다 쓰고 1년이 지난 뒤에 「제사」를 썼는데, 그 직전에 일어난 4·12정변이 루쉰에게 큰 충격을 주었다. 「제사」에는 그 충격이 고스란히 반영되어, 한편으로 23편의 산문시와 연속성을 가지면서도, 전에 없던 새로운 모습이 나타나기도 한다. 이 점을 충분히 고려하지 않으면 해석상의 오류가 발생하기 쉽다.

지면과 지하, 지면의 야초와 지하의 용암의 대비, 밝음과 어둠,

삶과 죽음, 과거와 미래, 친구와 원수, 사람과 짐승, 사랑하는 자와 사랑하지 않는 자의 이항 대립, 그리고 사망과 부패가 사망 이전에 생존한 적이 있었음을, 그래서 공허가 아니었음을 증거한다는 일종의 역설에 주목할 필요가 있다.

가을밤

나의 뒤뜰에서, 담 밖으로 두 그루 나무가 보이는데, 하나는 대추나무고, 또 하나도 대추나무다.

그 위로 밤하늘은, 괴이하고 높은데, 내 평생 이렇게 괴이하고 높은 하늘은 본 적이 없다. 그는 인간 세상을 떠나가기라도 하려는 듯, 올려다봐도 더 이상 사람들에게 보이지 않는다. 하지만 지금 그는 새파랗고, 수십 개 별들의 눈이, 차가운 눈이 반짝반짝 깜박인다. 입가에 미소를 띤 채 그는, 마치 깊은 뜻이 있다는 듯, 내 뜰의 야생화 풀 위에 서리를 뿌린다.

나는 모른다 저 화초들의 진짜 이름이 무언지, 사람들이 그들을 무어라 부르는지. 기억난다 화초 하나 아주 작은 분홍색 꽃을 피웠었지, 지금도 피어 있지만, 하지만 더 작아졌다, 그녀는 차가운 밤기운 속에서, 웅크리고 꿈을 꾼다, 봄이 오는 꿈을 꾸고, 가을이 오는 꿈을 꾼다, 꿈속에서 야윈 시인이 그녀의 마지막 꽃잎 위 눈물을 닦아주며, 그녀에게 말해준다 가을이 와도, 겨울이 온다 해도, 그다음을 잇는 것은 봄이고, 나비가 어지러이 날아다니고, 꿀벌들이 다 같이 봄의 노래 부른다고. 하여 그녀가 웃는다, 얼굴빛은 얼어서 벌겋지만, 여전히 웅크린 채로.

　대추나무, 그들은 잎을 죄다 떨구었다. 전에는, 사람들이 따다 남긴 대추를 따러 오는 아이도 한둘 있었는데, 지금은 한 톨도 남은 게 없고, 잎새마저 다 떨어졌다. 그는 안다 작은 분홍색 꽃의 꿈을, 가을 뒤엔 봄이 있겠지. 그는 낙엽의 꿈도 안다, 봄 뒤는 여전히 가을이지. 그는 잎을 죄다 떨구고, 줄기만 남겼다, 하지만 열매와 잎새로 가득하던 그때의 활모양을 벗어나서, 기분 좋게 몸을 편다. 허나, 나지막이 드리워진 가지들은, 대추 따는 장대 끝에 맞은 상처를 보호하고, 그리고 곧고 긴 가지들은, 괴이하고 높은 하늘을 소리 없이 단단하게 찔러, 하늘을 반짝반짝 귀신같이 눈을 깜박거리게 한다. 하늘 가운데 둥근 달을 찔러, 달을 곤혹으로 창백해지게 한다.

　귀신같이 눈을 깜박거리는 하늘은 점점 더 새파래지고, 불안해져서, 마치 인간 세상을 떠나려는 듯, 대추나무를 피하고, 오직 달만을 남겨놓는다. 하지만 달도 슬며시 동쪽으로 피해 간다. 그리고 아무것도 없는 줄기는, 여전히 소리 없이 단단하게 괴이하고 높은 하늘을 찔러, 오직 그의 목숨

을 제압하려 한다, 그가 수많은 고혹적인 눈을 온갖 모습으
로 뜨건 말건,

와와 울음소리, 밤에 활동하는 악조惡鳥가 날아간다.

갑자기 한밤의 웃음소리가 들린다, 키득키득, 잠든 사람
들 깨우기 싫다는 듯, 하지만 사방의 공기가 다 호응하여 웃
는다. 한밤중, 다른 사람은 아무도 없으니, 나는 금세 알아
차린다 이 소리가 내 입에서 난다는 걸, 나도 금세 이 웃음
소리에 쫓겨나, 자신의 방으로 돌아간다. 등불의 심지도 금
세 높여진다.

뒤창의 유리에서 나는 팅팅 소리, 어지러이 부딪치는 작
은 날벌레들이 아직도 많다. 오래지 않아, 몇 마리가 들어온
다, 창호지 구멍으로 들어왔으리. 그놈들은 들어오자마자,
유리 등갓에 부딪쳐 또 팅팅 소리를 낸다. 한 마리는 위에서
부딪쳐 가고, 하여 그놈은 불을 만난다, 그리고 나는 안다
그 불이 진짜임을. 두세 마리는 등불의 종이 갓에서 쉬며 헉
헉댄다. 저 갓은 어제저녁에 새로 바꾼 갓, 새하얀 종이, 물
결무늬 모양으로 겹겹이 접혀 있고, 선홍색 치자가 한구석
에 그려져 있다.

선홍색 치자가 꽃을 피울 때, 대추나무는 또 작은 분홍색 꽃의 꿈을 꾸리라, 짙푸르게 구부러져 활모양이 되리라…….
또 한밤의 웃음소리가 들린다. 나는 얼른 생각을 중단하고, 하얀 종이 갓에 오래 앉은 저 작은 푸른 벌레를 바라본다, 큰 머리 작은 꼬리에, 해바라기 씨 같고, 겨우 밀 반 톨 크기, 온몸의 색깔은 푸르러 사랑스럽고 가련하다.

나는 하품을 한 번 하고, 담배에 불을 붙이고, 연기를 뿜어내고, 등불 앞에서 묵묵히 경의를 표한다 이 푸르고 정교한 영웅들에게.

1924. 9. 15

원제「秋夜」.『어사』제3호(1924. 12. 1)에 발표되었다. 현 베이징 루쉰박물관 옆 루쉰 고거故居가 이 작품의 배경이다.

밤하늘을 찌르는 대추나무 가지, 그 가지에 찔려 곤혹스러워하는 밤하늘과 달, 가을밤 풍경을 그렇게 인지하는 나. 부엉이 울음소리가 들리고 이어 누군가의 웃음소리가 들린다. 그 웃음소리는 나 자신의 웃음소리다(아쿠타가와 류노스케의 단편소설「덤불 속」에서 사무라이가 자신의 울음소리를 뒤늦게 인지하는 것과 유사하다). 방 안으로 들어가는 나, 등불에 달려드는 벌레들. 풍경과 정서가 교묘하게 맞물려 있다. 대추나무, 부엉이, 벌레는 화자 자신의 비극적 정서를 비추는 거울들이다.

그림자의 고별

  사람이 잠들어 시간조차 모를 때, 그림자가 고별하러 와서, 이렇게 말하리라—

  내가 좋아하지 않는 것이 천당에 있어서, 나는 가기 원치 않소. 내가 좋아하지 않는 것이 지옥에 있어서, 나는 가기 원치 않소. 내가 좋아하지 않는 것이 당신들 미래의 황금 세계에 있어서, 나는 가기 원치 않소.

  하지만 내가 좋아하지 않는 것은 바로 당신.

  친구, 나는 당신을 따르고 싶지 않소, 나는 머무르기 원치 않소.

  나는 원하지 않아!

  오호라 오호라, 나는 원하지 않소, 나는 차라리 무無의 장소에서 방황하리.

  나는 하나의 그림자일 뿐, 당신과 작별하고 암흑 속에 잠기겠소. 하지만 암흑 또한 나를 삼키겠지, 하지만 광명 또한 나를 소멸시키겠지.

  하지만 나는 명과 암 사이에서 방황하기 원치 않소, 나는 차라리 암흑 속에 잠기리.

하지만 나는 결국 명과 암 사이에서 방황하오, 나는 황혼
인지 여명인지 알지 못하오. 나는 잠시 잿빛 손을 들어 한
잔 술을 비우는 척하오, 나는 시간조차 모를 때에 호올로 멀
리 가려 하오.

오호라 오호라, 만약에 황혼이라면, 저절로 어두운 밤이
와서 나를 잠기게 하겠지만, 그렇지 않다면 나는 대낮에 의
해 소멸되리, 만약에 지금이 여명이라면.

친구, 때가 가까워졌소.

나는 암흑 속을 향해 무의 장소에서 방황하려 하오.

당신은 아직도 나의 선물을 기대하는군. 내가 당신에게
무엇을 바칠 수 있겠소? 없소, 여전히 암흑과 공허만 있을
뿐. 하지만, 내가 원하는 건 오직 암흑뿐, 당신의 대낮에 소
멸될지도 모를. 내가 원하는 건 오직 공허뿐, 결코 당신의
마음을 차지하지 않을.

내가 원하는 건 이런 것이오, 친구—

나 홀로 멀리 가는 것, 당신이 없을 뿐 아니라, 더 이상 다른 그림자도 없는 암흑 속으로. 오직 나만이 암흑 속에 잠기고, 그 세상이 전부 내 것이 되는 것.

1924. 9. 24

원제 「影的告別」, 『어사』 제4호(1924. 12. 8)에 발표되었다.

많이 인용되는 작품이다. 잠든 사람과 그 사람의 그림자를 시의 화자가 바라보고 있는데, 이 셋은 한 자아의 분열이라 할 수 있다. 첫 행은 화자의 말이고, 다음 행부터는 그림자의 말이다. 그림자는 천당도 지옥도 미래의 황금 세계도 거부하고 자신의 실체인 사람(그림자에게 당신이라고 불리는)도 거부한다. 그가 원하는 것은 무지無地에서의 방황이다. 무지는 무無의 장소 내지는 무가 있는 장소, 무만 있는 장소라는 뜻으로 이해하는 게 온당할 것이다. 그 특징은 암흑과 공허다. 그가 바라는 것은 암흑 속에 잠겨 무화無化되는 것이다.

그러나 실제로 그는 명과 암 사이에서의 방황이라는 정황을 벗어나지 못하고 있다. 그림자는 밤에도 소멸될 수 있고 낮에도 소멸될 수 있다는 진술이 중간에 나오지만, 엄밀히 말해서 대낮에는 그림자가 소멸되지 않는다. 오히려 빛이 그림자를 만들어낸다. 대낮에 그림자가 없어지는 것은 세계의 중심이라는 신화적 장소에서만(혹은 조명 기술의 특별한 발휘 속에서만) 가능하다. 일반적으로 그림자는 암흑 속에서 없어지는 것이다. 그런데 시의 마지막 부분에 나오는 "오직 나만이 암흑 속에 잠"긴다는 진술은, 암흑 자체보다 "오직 나만이"가 더 중요할지 모른다는 의문을 불러일으킨다.

구걸하는 자

나는 칠이 벗겨진 높은 담장을 따라 길을 걷는다, 푸석푸석한 먼지를 밟으면서. 나 말고도 몇 사람이, 각자 제 갈 길을 간다. 미풍이 일고, 담장 위로 드러난 높은 나무 가지가 아직 마르지 않은 잎사귀를 단 채 내 머리 위에서 흔들린다.

미풍이 일고, 사방이 온통 먼지로 가득하다.

한 아이가 내게 구걸을 하는데, 겹옷도 입었고, 슬퍼 보이지도 않으면서, 길을 막으며 머리를 조아리고, 따라오며 우는소리를 낸다.

나는 싫다 그 소리가, 태도가. 나는 밉다 그 아이가 슬퍼하지 않는 것이, 놀이하듯 하는 것이. 나는 짜증이 난다 그 아이가 따라오며 우는소리를 내는 것이.

나는 길을 걷는다. 나 말고도 몇 사람이 각자 제 갈 길을 간다. 미풍이 일고, 사방이 온통 먼지로 가득하다.

한 아이가 내게 구걸을 하는데, 겹옷도 입었고, 슬퍼 보이지도 않지만, 단지 벙어리라서, 손을 내밀어, 손짓을 한다.

나는 밉다 그 아이의 손짓이. 게다가, 그 아이는 벙어리가 아니고, 이건 단지 구걸하는 방법일 뿐인지도 모른다.

나는 적선하지 않는다, 나는 적선할 마음도 없다, 나는 단지 적선하는 사람들을 지켜보며, 짜증과, 의심과, 미움을 줄 뿐.

나는 무너진 흙담을 따라 길을 걷는데, 부서진 벽돌이 담장 무너진 곳에 쌓여 있고, 담장 안에는 아무것도 없다. 미풍이 일어, 가을 찬 기운이 내 겹옷을 뚫고 들어온다. 사방이 온통 먼지로 가득하다.

나는 생각한다 나라면 어떤 방법으로 구걸을 할 것인지. 소리를 낸다면, 어떤 소리로? 벙어리 시늉을 한다면, 어떤 손짓으로?……

나 말고도 몇 사람이 각자 제 갈 길을 간다.

나는 적선을 받지 못할 것이고, 적선할 마음도 얻지 못할 것이다. 내가 얻을 것은 적선을 지켜보는 사람들의 짜증과, 의심과, 미움.

나는 무위와 침묵으로 구걸하리라……

나는 최소한 허무는 얻을 것이다.

미풍이 일고, 사방이 온통 먼지로 가득하다. 나 말고도 몇 사람이 각자 제 갈 길을 간다.

먼지, 먼지,……

....

먼지······

1924. 9. 24

원제 「求乞者」. 『어사』 제4호(1924. 12. 8)에 발표되었다.

구걸하는 아이 둘의 방식이 다르다. 하나는 우는소리를 내고, 다른 하나는 벙어리 시늉을 한다. 화자는 그 두 가지 구걸이 다 못마땅하다. 화자는 자기 자신이 구걸을 한다면 어떤 방법으로 할지 생각해본다. 그는 우는소리나 벙어리 시늉을 하지 않을 것이다. 그렇게 하면 적선을 받지 못할 것임을 알지만. 적선을 못 받는 대신에 그는 최소한 허무는 얻을 것이다. 여기서 구걸은 삶의 방식이나 태도의 알레고리로 보이고, 허무는 부정적인 것이 아니라 긍정적인 의미를 띠는 것이라 여겨진다.

나의 실연
—의고체의 새로운 해학시

　　내 사랑 산 중턱에 있소.
그녀를 찾아가고 싶지만 산이 너무 높고,
하릴없이 고개 숙이니 눈물이 옷을 적시오.
사랑하는 사람이 내게 준 건 백의 나비 수놓은 손수건.
그녀에게 무얼로 답했나, 부엉이였다.
그때부터 날 외면하고 상대하지 않으니,
왜 그러는지 몰라 나는 놀란다.

　　내 사랑 도시 한복판에 있어.
그녀를 찾아가고 싶지만 사람들이 붐벼,
하릴없이 고개 드니 눈물이 귀를 적셔.
사랑하는 사람이 내게 준 건 두 마리 제비 그림.
그녀에게 무얼로 답했나, 과일설탕절임.
그때부터 날 외면하고 상대하지 않으니,
왜 그러는지 몰라 나는 어리둥절.

　　내 사랑 강가에 있네.
그녀를 찾아가고 싶지만 강물이 깊다네,

하릴없이 머리 기울이니 눈물이 옷깃을 적시네.
사랑하는 사람이 내게 준 건 금 시곗줄.
그녀에게 무얼로 답했나, 땀 내는 약.
그때부터 날 외면하고 상대하지 않으니,
왜 그러는지 몰라 나는 신경쇠약.

　　내 사랑 부잣집에 있지.
그녀를 찾아가고 싶지만 자동차가 없어,
하릴없이 고개 저으니 눈물이 뿌려지지.
사랑하는 사람이 내게 준 건 장미꽃이었지.
그녀에게 무얼로 답했나, 능구렁이 뱀.
그때부터 날 외면하고 상대를 하지 않는구나,
왜 그러는지 모르겠네―갈 테면 가라지.

1924. 10. 3

원제「我的失戀─擬古的新打油詩」.『어사』제4호(1924. 12. 8)
에 발표되었다. 실연을 주제로 한 시가 유행하는 것을 풍자하기
위해 썼다고 루쉰 자신이 밝혔다. 쉬즈모徐志摩의 시「가라去吧」를
조롱한 것이라는 설이 있다.

후한 시대 장형張衡의「사수시四愁詩」에서 형식을 차용했다.「사
수시」는 '내 님은 ○○에 계시는데我所思兮在○○'로 시작해서 '무
엇 때문에 근심을 안고 마음을 ○○하는가何爲懷憂心○○'로 끝나
는 7언 7구의 시 4편으로 구성되어 있다. 길이 험난해서 님에게
가지 못함을 한탄하는 내용인데, 여기서 님은 임금을 뜻한다고 이
해된다. 루쉰의 시는, 형식은「사수시」를 차용했지만 내용은 그와
달리 해학적이다.

복수

　사람의 피부 두께는, 1.5밀리가 채 안 될 터인데, 선홍색 뜨거운 피가, 그 뒤를 순환하여, 담벼락을 빽빽이 기어오르는 회화나무 자벌레보다 더 빽빽한 혈관 속을 세차게 흐르며, 온열을 발산하오. 그리하여 각자 이 온열로 서로를 고혹하고, 선동하고, 끌어당기고, 필사적으로 기대기를 바라고, 입 맞추고, 포옹하오, 생명을 도취시키는 대환희를 얻기위해.

　하지만 만약에 날카로운 칼 한 자루로, 단 한 번의 찌르기로, 이 복숭앗빛, 얇은 피부를 꿰뚫으면, 그 선홍색 뜨거운 피가 세찬 화살같이 모든 온열을 살육자에게 직접 뿌릴 거요. 그다음엔, 차가운 숨결로, 창백한 입술로, 사람의 넋을 잃게 만들고, 생명을 고양시키는 극치의 대환희를 얻게 해줄 거요. 그리고 그 자신은, 생명을 고양시키는 극치의 대환희 속으로 영원히 깊이 잠겨 들 거요.

　그렇소, 그래서, 그들 둘은 벌거벗고서, 칼을 잡고서, 광막한 광야에서 마주 서오.

　그들 둘은 곧 포옹하려 하오, 곧 살육하려 하오……

　행인들이 사방에서 달려드오, 빽빽하게, 회화나무 자벌레

가 담벼락을 기어오르듯, 개미가 말린 생선 대가리를 받쳐
들듯. 옷차림은 멋진데, 손은 비었소. 그러나 사방에서 달려
와, 필사적으로 목을 길게 빼고서, 이 포옹 혹은 살육을 감
상하려 하오. 그들은 일이 끝난 뒤에 느낄 자기 혀 위의 땀
이나 피의 신선한 맛을 미리 느끼고 있소.

그러나 그들 둘은 마주 선 채로, 광막한 광야 위에서, 벌
거벗고서, 칼을 잡고서, 그러나 포옹하지도 않고, 살육하지
도 않고, 또한 포옹이나 살육의 뜻을 보이지도 않소.

그들 둘은 영원토록 이 상태 그대로, 통통한 몸이, 고갈
되어가지만, 그러나 포옹이나 살육의 뜻을 조금도 보이지
않소.

행인들은 이에 무료하오. 무료함이 그들의 모공을 파고드
는 것을 느끼고, 무료함이 그들 자신의 심장에서 모공으로
뚫고 나와, 광야에 가득히 퍼져, 다시 다른 사람의 모공으로
파고드는 것을 느끼오. 그들은 이에 목구멍과 혀가 마르고,
목도 뻣뻣해지는 것을 느끼오. 마침내 서로 얼굴만 쳐다보
다가, 천천히 흩어지오. 심지어는 고갈을 느껴 삶의 흥미를
잃어버리기까지 하오.

이에 광막한 광야만 남고, 그들 둘은 그 속에서 벌거벗고 서, 칼을 잡고서, 고갈된 채 서 있소. 죽은 사람 같은 눈빛으로, 그 행인들의 고갈을, 무혈의 대살육을 감상하고, 생명을 고양시키는 극치의 대환희 속으로 영원히 깊이 잠겨 드오.

1924. 12. 20

원제「復仇」.『어사』제7호(1924. 12. 29)에 발표되었다. 사회에 방관자들이 많은 것을 증오하여 이 시를 지었다는 루쉰 자신의 해명이 있다.

　두 남녀가 벌거벗은 채 칼을 잡고 광야에서 마주 서 있다. 둘이 포옹을 할지, 서로를 칼로 찌를지는 알 수 없다. 사람들이 구경하러 몰려들었다. 시간이 흐르지만 둘은 아무런 동작도 취하지 않고 그냥 마주 서 있기만 하고, 구경하는 사람들은 기다리다 지친다. 두 사람도 고갈되어가고 구경꾼들도 고갈되어간다. 두 사람은 고갈되어가는 구경꾼들을 거꾸로 구경하며 환희를 느낀다. 이것이 구경꾼들에 대한 두 사람의 복수다.

복수 2

스스로 신의 아들이며, 이스라엘의 왕이라고 생각하기 때문에, 그는 십자가에 못 박힌다.

병정들은 그에게 자색 옷을 입히고, 가시관을 씌우고, 그를 축하한다. 그다음엔 갈대로 그의 머리를 치며, 침을 뱉으며, 꿇어 절한다. 희롱을 다한 후, 자색 옷을 벗기고, 도로 그의 옷을 입힌다.

보라, 그들이 그의 머리를 치고, 그에게 침을 뱉고, 그에게 절하는 것을……

그는 몰약을 탄 포도주를 받지 않는다, 이스라엘 사람들이 그들의 신의 아들을 어떻게 대하는지 분명히 음미하기 위해서, 또한 그들의 앞길을 더 오래 불쌍히 여기고, 그렇지만 그들의 현재를 증오하기 위해서.

사면이 모두 적의敵意다, 불쌍한, 저주받을.

탕탕 소리를 내며, 못 끝이 손바닥을 관통한다. 그들이 그들의 신의 아들을 못 박아 죽이려 한다는 사실이, 불쌍한 사람들아, 그의 고통을 완화시켜준다. 탕탕 소리를 내며, 못 끝이 발등을 관통하고, 못이 뼈를 부서뜨려, 고통이 마음속까지 꿰뚫는다. 그렇지만 그들 자신이 그들의 신의 아들을 못 박아 죽이고 있다는 사실이, 저주받을 사람들아, 그것이 그의 고통을 편안하게 해준다.

십자가가 세워진다. 그가 허공에 매달린다.

그는 몰약을 탄 포도주를 받지 않는다. 이스라엘 사람들이 그들의 신의 아들을 어떻게 대하는지를 분명히 음미하기 위해서, 또한 그들의 앞길을 더 오래 불쌍히 여기고, 그렇지만 그들의 현재를 미워하기 위해서.

지나가는 자들은 모두 그를 모욕하고, 제사장과 서기관들도 그를 희롱하고, 그와 함께 못 박힌 두 강도도 그를 비웃는다.

보라, 그와 함께 못 박힌 자들을……

사면이 모두 적의敵意다, 불쌍한, 저주할.

그는 손과 발의 고통 속에서, 음미하고 있다. 불쌍한 사람들이 신의 아들을 못 박아 죽이는 비애와, 저주받을 사람들이 신의 아들을 못 박아 죽이려 하고 신의 아들은 못 박혀 죽으려 하는 환희를. 갑자기, 뼈가 부서지는 큰 고통이 마음속까지 꿰뚫고, 그는 큰 환희와 큰 연민에 심취한다.

그의 복부가 들썩인다, 연민과 저주의 고통 속에서.

온 땅에 어두움이 임한다.

"엘로이, 엘로이, 레마 사박타니!?"(번역하면, 이렇게 된다. 나의 하느님, 어찌하여 나를 버리셨나이까!?)

하느님은 그를 버리셨고, 그는 끝내 하나의 '사람의 아들'이다. 그런데도 이스라엘 사람들은 '사람의 아들'조차 못 박아 죽인다.

'사람의 아들'을 못 박아 죽이는 사람들의 몸은, '신의 아들'을 못 박아 죽이는 사람들보다 더욱더 피에 더럽혀지고, 피비린내가 난다.

1924. 12. 20

원제「復仇(其二)」.『어사』제7호(1924. 12. 29)에 발표되었다.

『신약성경』중 주로「마가복음」을 참조한 것으로 보인다. 복음서의 기록을 뼈대로 삼고, 거기에 화자의 논평과 해석을 덧붙이는 형태이다. 주목할 것은 그 논평과 해석이 예수의 마음을 모순어법적으로 묘사한다는 점이다. 연민과 증오, 연민과 저주, 비애와 환희, 환희와 연민 등이다. 복음서의 서술은 과거형이지만 이 시는 현재형으로 읽어야 한다. "보라,"로 시작하는 현재형의 두 행이 전체적인 시제의 기준이 되는 것인데, 이 현재 시제는 극적 효과를 가능하게 해준다.

제목을 왜 '복수'라고 붙였을까? 예수가 죽음을 통해, 그를 죽인 자들에게 복수한다는 것인가? 마지막 구절에 그런 의미 맥락이 암시된다고 볼 수 있겠지만, 그것은『신약성경』의 취지에는 부합되지 않는다.

희망

내 마음 유달리 쓸쓸하오.

허나 내 마음 평안하오. 애증도 없고, 애락도 없고, 빛깔도 소리도 없소.

늙은 것인지도 모르오. 내 머리 이미 희어진 것, 아주 분명한 일이잖소? 내 손 떨리는 것, 아주 분명한 일이잖소? 그렇다면 내 영혼의 손도 분명 떨릴 테지, 머리도 분명 희어졌으리.

허나 이는 벌써 여러 해 전의 일.

그 전에는, 내 마음도 피비린내 나는 노랫소리 가득했소. 피와 쇠, 화염과 독, 회복과 복수. 헌데 갑자기 모든 게 다 공허해졌소. 때로는 뻔히 알면서도, 스스로를 속일 수밖에 없는 희망으로 메웠소. 희망, 희망, 이 희망의 방패로, 저 공허 속의 어두운 밤의 내습에 항거했소, 방패 뒤도 똑같이 공허 속의 어두운 밤이었지만. 허나 바로 그렇게, 내 청춘은 계속 소진되었소.

내 어찌 몰랐겠소 내 청춘 이미 가버렸음을? 허나 몸 밖의 청춘은 그대론 줄 알았지. 별, 달빛, 뻣뻣해져 추락하는 나비, 어둠 속의 꽃, 부엉이의 불길한 말, 두견의 피울음, 웃음의 아득함, 사랑의 너울대는 춤……. 슬프고 막막한 청춘이라도, 그래도 필경 청춘인 것을.

헌데 지금은 왜 이리 적막하지? 몸 밖의 청춘마저 모두 사라져버렸나, 세상의 청년들도 다 늙어버렸나?

나는 이 공허 속의 어두운 밤에 육박해야만 하오. 나는 희망의 방패를 내려놓았소, 나는 Petőfi Sándor(1823~49)의 '희망'의 노래를 들었소.

> 희망이란 무엇인가? 창녀다.
> 그녀는 누구든 다 유혹하여, 다 바친다 모든 것을.
> 너는 희생한다 그 많은 보물을—
> 네 청춘을—그러면 그녀는 너를 버린다.

이 위대한 서정시인, 헝가리의 애국자, 조국을 위해 코사크 병사 창끝에 죽은 지, 어언 칠십오 년. 슬프다 죽음은, 허나 더 슬픈 건 그의 시는 지금도 죽지 않았다는 것.

하지만, 불쌍한 인생이여! Petőfi 같은 굳셈도 용맹함도, 끝내는 어두운 밤 앞에 걸음을 멈추고, 아득한 동방을 돌아봤소. 그가 말했소.

> 절망이 허망한 것은, 희망과 똑같다.

만일 내가 밝지도 어둡지도 않은 이 '허망' 속에서 목숨을 부지해야 한다면, 저 가버린 슬프고 막막한 청춘을 찾아보겠소, 몸 밖에서라도 무방하오. 몸 밖의 청춘이 소멸되면 내 몸속의 황혼도 시들 테니까.

　허나 지금은 별도 달빛도 없고, 죽어가는 나비도, 웃음의 아득함도, 사랑의 너울대는 춤도 없소. 허나 청년들은 평안하다오.

　나는 이 공허 속의 어두운 밤에 내가 육박해야만 하오. 몸 밖의 청춘을 찾아내지 못해도, 내 몸속의 황혼을 스스로 던져버려야 하오. 하지만 어두운 밤은 또 어디에 있지? 지금은 별도 없고, 달빛도 없고, 웃음의 아득함도, 사랑의 너울대는 춤도 없는데, 청년들은 평안하고, 헌데 내 앞은 또 결국 진짜 어두운 밤마저 없어졌구나.

　절망이 허망한 것은, 희망과 똑같구나!

1925. 1. 1

원제 「希望」. 『어사』 제10호(1925. 1. 19)에 발표되었다. 청년들의 의기소침함에 놀라서 이 시를 썼다는 루쉰 자신의 해명이 있다.

청춘에는 몸 안의 청춘과 몸 밖의 청춘이 있다. 몸 안의 청춘은 이미 다 가버려서 내 몸속에 남은 것은 황혼이다. 그런데 별, 달빛, 나비, 꽃, 부엉이, 두견, 웃음, 춤 등 몸 밖의 청춘마저 지금은 없는 것 같고, 그 점에도 청년들은 평안하기만 하다. 몸 밖의 청춘을 찾아내지 못한 내가 몸속의 황혼을 스스로 던져버리고 어두운 밤에 육박하려 하지만, 그러자 이제는 밤이 사라져버린다. 남는 것은 공허고 허망이다. 절망이 허망한 것은, 희망과 똑같다는 헝가리 시인 페퇴피의 말이 두 번에 걸쳐 인용된다. 루쉰의 산문시 중 가장 유명한 작품이고, 여러 가지 다양한 해석들이 나와 있다.

루쉰이 인용한 페퇴피 시 네 행을, 현재 많이 알려진 독일어판은 다음과 같이 번역했다.

Was ist Hoffnung? Eine feile Dirne;

Jeden lockt sie, gibt hin allen sich.

Hast du ihr den reichsten Schatz geopfert—

Deine Jugend—dann verläßt sie dich.

이를 우리말로 옮기면 다음과 같이 된다.

희망이란 무엇인가? 창녀다.

그녀는 누구든 유혹하여 모두에게 몸을 내어준다.

너는 그녀에게 희생한다 가장 값진 보물을—
너의 청춘을—그러면 그녀는 너를 떠난다.

독일어 번역이 가능했던 루쉰이 이것 또는 이와 유사한 독일어
판을 본 것이라면, 2행은 루쉰의 오역이다. '모든 것을 바친다'와
'모두에게 몸을 내어준다'는 차이가 크다. 3행의 '가장 값진'을 '그
많은'으로 옮긴 것도 오역이라 할 수 있다. 4행의 '떠난다'와 '버린
다'는 뜻이 통한다.

눈

따뜻한 나라의 비는, 이제까지 차갑고 단단하고 찬란한 눈꽃으로 변한 적이 없다. 박식한 사람들은 그것을 단조롭다 여기는데, 그 자신도 그것을 불행하다 생각할까? 강남의 눈은, 촉촉함과 농염함의 극치다. 그것은 아직은 어렴풋한 푸른 봄의 소식이고, 지극히 건강한 처녀의 피부다. 눈밭에는 피같이 붉은 동백, 파르스름한 홑꽃 백매화, 샛노란 사발모양 납매화가 있고, 눈 밑에는 아직 차가운 초록빛 잡초가 있다. 나비는 확실히 없고, 꿀벌이 동백꽃과 매화의 꿀을 따러 오는지는, 내 기억이 분명치 않다. 하지만 내 눈앞은 눈밭에 핀 겨울 꽃이 보이고, 수많은 꿀벌들이 바삐 날아다녀, 그들이 웅웅대는 소리도 들리는 듯하다.

아이들은 새빨갛게 언, 자주색 생강 싹 같은 작은 손을 호호 불면서, 일고여덟이 함께 눈사람을 만든다. 성공하지 못해서, 누군가의 아버지가 도와준다. 눈사람은 아이들보다 훨씬 크게 만들어지는데, 위는 작고 아래가 커다란 덩어리일 뿐, 끝내 호리병박인지 사람인지 구분이 안 되지만, 새하얗고, 밝고 곱고, 촉촉해서 잘 엉겨 붙고, 온몸으로 반짝반짝 빛을 낸다. 아이들은 용안 씨로 그에게 눈알을 만들어주고, 또 누군가의 어머니의 지분 갑에서 연지를 훔쳐와 입술에 바른다. 이번에는 확실히 큰 사람이 된다. 그도 이제 번뜩이는 눈빛, 새빨간 입술로 눈밭 속에 좌정한다.

다음 날엔 몇 아이들이 그를 찾아온다. 그를 향해 손뼉을 치고, 머리를 끄덕이고, 깔깔 웃는다. 하지만 그는 끝내 홀로 앉아 있을 뿐. 맑은 날은 그의 피부를 녹이고, 추운 밤은 그에게 한 겹 얼음을 씌워, 불투명한 수정 모양으로 만드는데, 맑은 날이 계속되면 뭐라 해야 할지 모를 모습이 되고, 입술 위의 연지도 다 바래버린다.

하지만, 북방의 눈꽃은 흩날린 뒤에도, 영원히 가루 같고, 모래 같다, 그들은 결코 엉겨 붙지 않는다, 어디에 뿌려져도, 지붕 위든, 땅 위든, 시든 풀 위든, 오직 그 모습. 지붕 위의 눈은 벌써 사라지기도 했다, 집 안에 사는 사람들의 불의 온기 때문에. 다른 것들은, 맑은 하늘 아래, 회오리바람이 불어닥치면, 세차게 날아오른다, 햇빛 속에서 찬란히 빛난다, 화염을 품은 큰 안개처럼, 맴돌고 솟구치며, 허공을 가득 채운다, 허공이 맴돌고 솟구치며 반짝인다.

끝없는 광야 위, 싸늘한 하늘 아래, 반짝이며 맴돌고 솟구치는 것은 비의 영혼…….

　그렇다, 그것은 고독한 눈이고, 죽어버린 비고, 비의 영혼
이다.

1925. 1. 18

원제「雪」.『어사』제11호(1925. 1. 26)에 발표되었다.

남쪽 지방의 물기 많은 눈과 북방의 메마른 눈을 대비하며, 떠나온 지 오래된 남쪽의 고향을 그리워하는 마음을 드러내고 있다. 루쉰이 베이징 생활을 시작한 것은 1912년이고 이 시를 쓴 때는 1925년이니, 북방의 타향살이 13년째인 것이다. 지금 눈앞에 있는 것은 북방의 눈, 엉겨 붙지 않는 가루처럼 허공에 휘날리는 눈이다. 그것이 비의 영혼이라면 남방의 눈은 무엇일까?

연

베이징의 겨울, 지상에는 아직 눈이 쌓여 있고, 앙상한 회색 나뭇가지가 맑은 하늘에 양 갈래로 갈라져 있는데, 멀리 연 한두 개가 떠 있는 모습, 그것은 내게 일종의 경이고 비애다.

고향의 연 날리는 시절은, 음력 2월인데, 쏴쏴 하는 바람개비 소리를 듣고, 고개를 들면 담묵색 게 연이나 연한 남색의 지네 연을 볼 수 있다. 그리고 적막한 방패연은, 바람개비도 없이, 낮게 뜬 채로, 초췌하고 가련한 모습을 외롭게 드러낸다. 하지만 이즈음이면 지상의 버드나무에는 이미 싹이 텄고, 이른 소귀나무도 꽃봉오리를 흠씬 맺어, 아이들이 하늘에 해놓은 단장과 조응하여, 봄날의 따스함을 만들어낸다. 나는 지금 어디에 있는 것인가? 사방에 한겨울의 스산함이 가득한데, 오래전에 결별한 고향의 오래전에 가버린 봄이, 이 하늘에서 출렁거린다.

하지만 나는 연날리기를 좋아한 적이 없고, 좋아하지 않았을 뿐 아니라, 혐오하기까지 했는데, 내가 그것을 데데한 아이들이나 하는 놀이라고 생각했기 때문이다. 내 동생은 나와 반대였다. 그때 대략 열 살쯤 되었던가, 병치레가 잦고, 몹시 말랐지만, 연을 아주 좋아했는데, 자기가 돈이 없어 사지 못하고, 내가 또 연 놀이를 허락해주지 않아, 그저 작은 입을 벌린 채, 때로는 반나절이 되도록, 멍청히 공중을 바라보면서 넋을 놓곤 했다. 멀리서 게 연이 갑자기 추락하면, 놀라 소리쳤고, 엉켰던 두 방패연이 풀리면, 기뻐서 펄쩍 뛰었다. 그의 이런 모습이, 내가 보기에는 다 웃음거리였고, 비루함이었다.

어느 날, 나는 며칠 동안 그가 별로 눈에 띄지 않은 것 같다는 생각이 문득 들었고, 그가 뒤뜰에서 시든 대나무를 줍는 모습을 본 기억이 났다. 갑자기 깨달음이 온 것처럼, 나는 사람들이 잘 가지 않는 잡동사니를 쌓아두는 작은 방으로 달려갔고, 문을 열자, 과연 먼지투성이 물건 더미 속에 그가 있었다. 그는 큰 사각 의자 앞 작은 걸상에 앉아 있다가, 깜짝 놀라 일어났는데 얼굴이 파랗게 질린 채 잔뜩 몸을 움츠렸다. 큰 사각 의자 곁에는 나비 연의 대나무 살 뼈대를 기대어 놓았는데, 아직 종이를 붙이지는 않은 상태였고, 걸상에는 눈을 만드는 데 쓸 작은 바람개비 한 쌍이 있었는데, 붉은 종잇조각으로 장식을 하는 중이었고, 곧 완성될 판이었다. 나는 한편으로 비밀을 파헤쳤다는 만족감을 느끼면서, 그가 내 눈을 속이고, 이렇게 심혈을 기울여 몰래 실없는 아이들 장난을 한 데 분노했다. 나는 즉시 손을 뻗어 나비의 한쪽 날개 뼈를 부러뜨렸고, 바람개비를 바닥에 던지고, 짓밟았다. 나이로 보나, 힘으로 보나, 그가 나를 당해낼 수는 없었으니, 나는 물론 완전한 승리를 얻었고, 그런 뒤 오연히 밖으로 나갔다, 작은 방 안에 절망적으로 서 있는 그를 남겨둔 채. 나중에 그가 어떻게 했는지, 나는 몰랐고, 관심도 없었다.

그러나 나의 징벌이 마침내 차례가 되었는데, 우리가 헤어진 지 오래된 뒤, 내가 이미 중년이 되었을 때였다. 나는 불행히도 우연히 아동에 대해 논의한 외국 책을 보았고, 비로소 놀이가 아동의 가장 정당한 행위이며, 장난감이 아동의 천사라는 것을 알게 되었다. 그리하여 20년 동안 한 번도 기억나지 않았던 유년 시절의, 정신에 대한 학살이라는 그 장면이, 갑자기 눈앞에 펼쳐졌고, 나의 마음은 그와 동시에 납덩어리로 변하여, 무겁게 가라앉는 것 같았다.

허나 마음이 가라앉아서 끊어질 지경까지 되지는 않았고,

177

단지 무겁게 가라앉고, 가라앉을 뿐이었다.

나는 잘못을 씻는 방법을 알았다. 그에게 연을 보내주고, 그가 연 날리는 것을 찬성하고, 그에게 연을 날리라고 권하고, 내가 그와 함께 연을 날리는 것이다. 그러고서 우리는 떠들며, 달리고, 웃는다. ─그러나 그는 그때 이미 나와 마찬가지로, 진작에 수염이 나 있었다.

나는 잘못을 씻는 방법이 또 하나 있다는 것도 알았다. 그의 용서를 구하고, 그가 "하지만 나는 형을 조금도 탓하지 않아요"라고 말하기를 기다리는 것이다. 그러면, 내 마음이 가벼워질 것이 분명하니, 이것은 확실히 해볼 만한 방법이었다. 한번은, 우리가 만났을 때, 얼굴에 온통 고된 '삶'으로 생긴 수많은 주름이 새겨져 있었고, 내 마음은 무거웠다. 우리는 차츰 어렸을 때의 옛일을 말하기 시작했고, 나는 그 일을 이야기하고서, 소년 시절의 어리석음을 고백했다. "하지만 나는 형을 조금도 탓하지 않아요." 나는 생각했다, 그가 이렇게 말하면, 나는 즉시 용서를 받고, 내 마음도 이때부터 편안해질 거라고.

"그런 일이 있었나요?" 그는 믿기지 않는다는 듯이 웃으며 말했다, 남의 이야기를 곁에서 들은 것처럼. 그는 아무것도 기억하지 못했다.

다 잊었으니, 원한도 없는 것이고, 그러니 또 무슨 용서를 말할 게 있겠는가? 원한 없는 용서는, 거짓말일 뿐이다.

내가 무엇을 바랄 수 있겠는가? 내 마음은 무겁기만 했다.

지금, 고향의 봄이 이 타지의 하늘에 다시 나타나서, 오래전에 가버린 어렸을 때의 추억을 가져다주고, 그와 함께 알 수 없는 슬픔도 가져다준다. 나는 차라리 스산한 한겨울 속으로 숨어버리는 게 낫겠는데, ──하지만, 사방은 다시 또 분명히 한겨울이고, 나에게 극도의 한기와 냉기를 주고 있다.

1925. 1. 24

원제「風箏」.『어사』제12호(1925. 2. 2)에 발표되었다.

베이징의 겨울 하늘에 뜬 연을 보며 남쪽 고향의 연날리기를 추억한다. 고향의 연 날리는 시절에는 이미 봄날이 다가와 있는데 이곳 베이징은 여전히 한겨울이다. 어린 시절 연 때문에 열 살 난 동생에게 잘못을 범했었고 20년 뒤 그것이 잘못이었음을 인지하게 되었다. 그리하여 동생에게 때늦은 사과를 하지만 동생은 그런 일이 있었다는 것 자체를 기억하지 못하고 그래서 내 마음의 죄책감은 여전히 지워지지 않는, 그 일련의 기억을 겨울 하늘의 연이 불러낸다. 그 추억이 나에게 슬픔과 부끄러움을 가져다준다. 이 동생은 루쉰 형제 중 막내 저우젠런이다.

좋은 이야기

　등불이 점점 사그라지면서, 석유가 얼마 남지 않았음을 알려주었다. 석유도 고급품이 아니어서, 벌써 등갓을 어둡게 그을려놓았다. 요란한 폭죽 소리가 사방에 가득했고, 담배 연기가 주위를 맴돌았다. 어두컴컴한 밤이었다.

　나는 눈을 감고, 뒤로 몸을 젖혀, 의자 등받이에 기댔다. 『초학기初學記』를 잡은 손은 무릎 위에 올려놓았다.

　몽롱한 가운데, 나는 하나의 좋은 이야기를 보았다.

　이 이야기는 아름답고, 우아하고, 흥미로웠다. 많은 아름다운 사람들과 아름다운 일들이, 하늘에 가득한 구름 비단처럼 뒤섞였고, 만 개의 유성처럼 날아가고, 또 펼쳐져서, 무궁한 곳에까지 가닿았다.

　나는 작은 배를 타고 산음도山陰道를 지나갔던 때가 기억난 모양이다. 양쪽 기슭의 오구나무, 새로 심은 벼, 들꽃, 닭, 개, 숲과 고목枯木, 초가집, 탑, 가람, 농부와 시골 아낙, 시골 처녀, 볕에 말리는 옷가지, 스님, 도롱이와 삿갓, 하늘, 구름, 대나무, …… 그 모두가 맑고 푸른 작은 강에 그림자를 비추고, 노 젓는 데 따라, 반짝이는 햇빛을 저마다 몸에 두르고, 물속의 부평초와 물고기 아울러, 함께 출렁였다. 모든 그림자와 모든 사물이, 다 흩어지고, 또 흔들리고, 확대되고, 서로 융합했다. 융합하자마자, 또다시 수축하고, 원래 모습 가깝게 돌아갔다. 가장자리가 여름날 뭉게구름처럼 가지런하지 않았는데, 햇빛을 두른 채, 수은빛 불꽃을 발출했다. 내가 지난 강은, 전부 다 그랬다.

지금 내가 본 이야기도 그랬다. 물속 푸른 하늘의 바닥은, 모든 사물들이 다 그 위에서 뒤섞여, 한 편의 이야기를 엮어내며, 영원히 생동하고, 영원히 펼쳐졌는데, 나는 이 한 편의 끝을 보지 못했다.

강변의 시든 버드나무 아래 몇 포기 앙상한 접시꽃은, 시골 처녀가 심은 것이리라. 진홍색 꽃과 알록달록 붉은 꽃이, 모두 물속에 떠서 움직이다가, 갑자기 부서져 흩어지고, 길게 늘어나서는, 끊기지 않고 이어진 연지수臙脂水가 되었는데, 허나 어지럽지는 않았다. 초가집, 개, 탑, 시골 처녀, 구름,…… 모두가 떠서 움직였다. 진홍색 꽃이 송이마다 길게 늘어나면, 이때는 발랄하고 활달한 붉은 비단 띠가 되었다. 띠가 개에 섞여 들고, 개가 흰 구름에 섞여 들고, 흰 구름이 시골 처녀에 섞여 들고……. 그러다가 일순간, 그것들이 또 다시 수축하려 했다. 허나 알록달록 붉은 꽃의 그림자가 이미 부서져 흩어졌고, 길게 늘어나, 탑과 시골 처녀, 개, 초가집, 구름 속으로 섞여들려 했다.

지금 내가 본 이야기는 더욱 뚜렷해졌고, 아름답고, 우아하고, 흥미롭고, 또 분명해졌다. 푸른 하늘 위에는, 수없이 많은 아름다운 사람들과 아름다운 일들이 있었고, 나는 그것들을 낱낱이 다 보았고, 낱낱이 다 알았다.

나는 그것들을 응시하려 했다…….

내가 막 그것들을 응시하려 했을 때, 문득 깜짝 놀라, 눈을 떴는데, 구름 비단은 이미 구겨지고, 헝클어져 있었으니, 누군가가 강물에 큰 돌을 던져서, 물결이 갑자기 일어나, 모든 그림자들을 조각조각 찢어놓은 것 같았다. 나는 자기도 모르게 거의 바닥에 떨어지려 하는『초학기』를 황급히 붙잡았는데, 눈앞에는 아직 무지갯빛의 부서진 그림자 몇 개가 남아 있었다.

나는 이 좋은 이야기가 정말로 좋아서, 부서진 그림자가 아직 남아 있는 틈을 타, 그것들을 되찾고, 그것들을 완성하고, 그것들을 남겨두려 했다. 나는 책을 치우고, 몸을 숙이며 손을 뻗어 펜을 잡았는데, —부서진 그림자는 흔적조차 없고, 단지 어두운 등불 빛만 보일 뿐, 나는 작은 배에 있지 않았다.

하지만 나는 여전히 기억한다 이 좋은 이야기를 본 것을, 어두컴컴한 밤에……

1925. 1. 28

원제 「好的故事」. 『어사』 제13호(1925. 2. 9)에 발표되었다. 발표 시에 집필 날짜를 1925년 2월 24일이라고 표기했는데 착오다. 루쉰의 일기와 대조해보면 1월 28일이었음을 알 수 있다.

화자는 밤에 책을 읽다 말고 몽상에 잠겼다가 몽상에서 깨어난 뒤, 몽상 속에서 보았던 풍경을 묘사한다. 이 풍경은 농촌 풍경이고 자연 풍경인데, 실체와 그림자(倒影, 물에 비친 거울상)로 구성되며 실체 자체보다도 그림자가 더 중요하다. 사물들은 서로 뒤섞이지 않고 뒤섞이지 못하지만, 그림자들은 서로 뒤섞인다. 그 뒤섞임을 보며 화자는 도취라고 해도 좋고 환각이라고 해도 좋을 어떤 지극한 고양高揚의 상태를 체험한다. 이것을 화자는 "좋은 이야기"를 보았다고 표현한다. "좋은"의 여러 항목들 중 하나로 "아름다운"이 포함되어 있으므로 '아름다운 이야기'라는 의역은 적절하지 않다고 생각된다.

길손

시간:

어느 날 황혼.

장소:

어느 곳.

사람:

노인　약 70세, 흰 수염 흰머리, 검은 두루마기.

여자아이　약 10세, 자주색 머리, 새까만 눈, 흰 바탕에
　　　　　검은 바둑판무늬 두루마기.

길손　약 30~40세, 피곤하지만 굳센 상태, 눈빛은 음침
　　　하고, 검은 수염, 헝클어진 머리, 검은 저고리와
　　　바지는 다 찢어졌고, 맨발에 해진 신발을 신고,
　　　옆구리에 부대 자루 하나를 걸치고, 키 높이의
　　　대나무 지팡이를 짚었다.

동쪽, 몇 그루 잡목과 기와 조각, 벽돌 조각이 있다. 서쪽,
황량하고 퇴락한 묘지가 있다. 그 사이에는 길 같기도 하고
아닌 것 같기도 한 흔적 한 가닥이 있다. 한 칸의 작은 토담
집이 그 흔적을 향해 한 짝 문을 열어놓았다. 문 옆에는 마

른 나무 밑둥이 하나 있다.

(여자아이가 나무 밑둥에 앉은 노인을 막 부축해서
일으키려 한다.)

노인 얘야. 어이, 얘야! 왜 움직이지 않는 거냐?

아이 (동쪽을 바라보며,) 누가 와요, 좀 봐요.

노인 봐서 뭐하게. 나나 부축해서 들어가자. 해가 다 넘
어간다.

아이 난, ──볼 테야.

노인 에라, 이 녀석아! 날마다 하늘도 보고, 땅도 보고,
바람도 보는데, 그러고도 보기 좋은 게 모자라니?
이런 거보다 보기 좋은 건 아무것도 없어. 누구를
꼭 보겠다는 게야. 해 저물 때 나타나는 건 너한테
좋을 것이 없지. ……자, 들어가자꾸나.

아이 그렇지만, 이미 가까이 온 걸요. 어머나, 거지네.

노인 거지라고? 안 보이는데.

(길손이 동쪽의 잡목 사이로 비틀거리며 걸어 나와,
잠시 망설인 뒤, 천천히 노인에게 다가간다.)

길손 어르신, 안녕하세요?

노인 아, 좋아요! 덕분에. 안녕하시오?

길손 어르신, 무척 실례지만, 어르신께 물을 한 잔 얻어
먹고 싶습니다. 하도 걸었더니 너무 목이 말라서요.
이 근방엔 연못도 없고 물웅덩이도 하나 없네요.

노인 오, 괜찮소 괜찮아. 앉으시구려. (여자아이에게,) 얘
야, 물 좀 가져오너라, 잔은 깨끗이 씻어야 한다.
(여자아이가 말없이 토담집으로 들어간다.)

노인 손님, 앉으시오. 손님은 이름이 어떻게 되시오.

길손 이름이요? ─저는 모릅니다. 기억나는 그때부터
저는 저 혼자뿐이었어요. 원래 이름이 뭐였는지 저
는 몰라요. 길을 가는 동안, 때로는 사람들이 자기
들 마음대로 제 이름을 부르기도 했어요, 갖가지
이름으로, 저는 그것도 기억이 잘 안 나요, 더구나
같은 이름을 두 번 들어본 적도 없거든요.

노인 하하. 그러면, 어디에서 오신 거요?

길손 (좀 망설이다가,) 저는 몰라요. 기억나는 그때부터
저는 이렇게 걷고 있어요.

노인 그렇군. 그러면, 어디로 가는지는 물어도 되겠소?

길손 물론이죠. ─그렇지만, 저는 모릅니다. 기억나는 그때부터 이렇게 걷고 있는데, 어느 곳인가로 가려는 거죠, 그곳은 앞에 있고요. 수많은 길을 가서 지금 여기로 왔다는 것, 저는 그것만 기억납니다. 저는 계속해서 저쪽으로 갈 겁니다, (서쪽을 가리키며,) 앞으로!

(여자아이가 조심스럽게 나무 잔을 들고 와서 건네준다.)

길손 (잔을 받으며,) 고마워, 아가씨. (물을 두 모금 마시고, 잔을 돌려주며,) 고마워, 아가씨. 이건 정말로 보기 드문 호의로군. 정말로 어떻게 감사해야 할지 모르겠어!

노인 그렇게 감사하지 마시오. 그게 당신에게 무슨 도움이 된다고.

길손 그렇죠, 저에게 도움 될 게 없죠. 하지만 저는 지금 기운이 좀 회복됐어요. 저는 앞으로 갈 겁니다. 어르신, 아마 여기서 오래 사셨을 테니, 앞에 어떤 것이 있는지 아시겠네요?

노인　앞에? 앞에는, 무덤이 있지.

길손　(의아해하며,) 무덤이요?

아이　아니, 아니, 아니에요. 거기엔 아주 많은 들백합이
　　　랑 들장미가 있어요, 나는 늘 놀러 가거든요, 가서
　　　그것들을 보거든요.

길손　(서쪽을 돌아보며, 미소 짓는 것처럼,) 맞아. 그런 곳
　　　엔 들백합이랑 들장미가 아주 많지, 나도 늘 놀러
　　　갔었고, 가서 본 적이 있어. 하지만, 그건 무덤이야.
　　　(노인을 향해서,) 어르신, 그 묘지를 지난 다음에는
　　　요?

노인　지난 다음? 그건 내가 모르지. 난 가본 적이 없소.

길손　모른다고요?!

아이　저도 몰라요.

노인　내가 아는 건 남쪽, 북쪽, 동쪽뿐이오, 당신이 온
　　　길. 거기가 내가 제일 잘 아는 곳이지, 아마 당신들
　　　에게 제일 좋은 곳일 거요. 수다스럽다 탓하지 마
　　　시구려, 내가 보기에, 당신은 이미 이렇게나 지쳤

으니까, 돌아가는 게 낫겠소, 앞으로 가봐야 다 갈
수나 있을지 모르거든.

길손   다 갈 수나 있을지 모른다고요? …… (깊은 생각에
잠겼다가, 갑자기 놀라 일어나며,) 그건 안 돼! 나는
가야만 해. 그곳으로 돌아가면, 구실 없는 곳이 없
고, 지주 없는 곳이 없고, 추방과 속박 없는 곳이 없
고, 가식적인 웃음 없는 곳이 없고, 거짓 눈물 없는
곳이 없지. 난 그것들을 증오해, 난 돌아가지 않아!

노인   그건 그렇지 않소. 마음에서 우러나는 눈물을, 당
신을 위한 슬픔을 만날 수도 있소.

길손   아니요. 저는 그들의 마음에서 우러나는 눈물을 보
고 싶지 않아요, 그들의 저를 위한 슬픔은 필요 없
어요!

노인   그러면, 당신은, (고개를 저으며,) 당신은 가야만 하
는군.

길손   그래요, 저는 가야만 해요. 게다가 늘 앞에서 저를
재촉하고, 저를 부르고, 저를 쉬지 못하게 하는 소
리가 있어요. 안타깝게도 제 다리는 벌써 망가졌어

191

요, 많이 다쳤어요, 피를 많이 흘렸어요. (한쪽 발을 들어 노인에게 보여주며,) 그래서요, 저는 피가 부족합니다. 저는 피를 마셔야 해요. 하지만 피가 어디에 있죠? 그런데 저는 누구의 피든 마시고 싶지 않아요. 물을 마셔서 피를 보충해야만 해요. 오는 길 내내 물이 있어서, 외려 아무런 부족한 느낌도 없었죠. 헌데 제 기운이 너무 약해졌어요, 피 속에 물이 너무 많아진 탓이겠죠. 오늘은 작은 물웅덩이 하나 못 만났는데, 아마 길을 적게 간 탓이겠죠.

노인 꼭 그런 것만은 아닐 테지. 해가 저물었소, 내 생각에는, 잠시 푹 쉬는 게 낫겠소, 나처럼 말이오.

길손 하지만, 저 앞의 소리가 저를 오라고 불러요.

노인 압니다.

길손 아세요? 그 소리를 아세요?

노인 그렇소. 그가 예전에 나도 불렀던 것 같소.

길손 그것이 바로 지금 저를 부르는 소리겠죠?

노인 그건 나도 모르지. 그가 몇 번 불렀던 것 같은데, 내가 상대하지 않았더니, 그도 부르지 않더군, 나도 기억이 확실하지 않소.

길손 아아, 그를 상대하지 않는다고요⋯⋯. (깊은 생각에
      잠겼다가, 갑자기 깜짝 놀라고, 귀를 기울이다가,) 안
      돼! 나는 그래도 가는 게 낫지. 난 쉴 수 없어. 안타
      깝게도 내 다리가 벌써 망가졌네. (길을 갈 준비를
      한다.)

아이 옜습니다! (천 한 조각을 건네주며,) 상처를 싸매세
      요.

길손 고마워, (받으며,) 아가씨. 이건 정말로⋯⋯ 이건 정
      말로 아주 드문 호의로군. 이걸로 내가 더 많은 길
      을 갈 수 있어. (토막 난 벽돌을 놓고 앉아서, 천으로
      복사뼈를 싸매려 하다가,) 하지만, 안 돼! (힘을 다해
      일어나며,) 아가씨, 돌려주마, 역시 작아서 싸맬 수
      가 없네. 게다가 이 넘치는 호의는, 내가 감사할 방
      법이 없군.

노인 그렇게 감사할 것 없소. 그게 당신에게 무슨 도움
      이 된다고.

길손 예, 저에게 아무 도움 될 게 없죠. 하지만 저에겐,

이 보시가 최상의 것입니다. 보세요, 제 몸 어디에
이런 것이 있는지요.

노인 그렇게 마음에 두지 않아도 되네.

길손 예. 하지만 저는 어쩔 수 없어요. 저는 이럴까 봐 두
려워요. 만약 제가 누군가의 보시를 받는다면, 저
는 독수리가 시체를 본 것처럼, 주위를 맴돌면서,
그녀의 멸망을 내 눈으로 보게 해달라고 빌거나,
혹은 그녀 이외의 모든 것들이 전부 다 멸망하라고
저주할 겁니다, 저 자신조차도, 왜냐하면 저도 저
주를 받아야 하니까. 하지만 저는 아직 그런 힘이
없어요. 설사 그런 힘이 있다 해도, 저는 그녀가 그
런 처지가 되는 걸 원하지 않아요, 왜냐하면 그런
처지가 되는 건 그녀들이 원하지 않을 테니까. 제
생각엔, 이게 가장 온당합니다. (여자아이에게,) 아
가씨, 이 천 조각은 아주 좋지만, 하지만 좀 작아서
말이야, 돌려주겠네.

아이 (두려워하며, 물러서서,) 싫어요! 가져가세요!

길손 (웃는 것처럼,) 오오, ……내가 받았었기 때문에?

아이   (고개를 끄덕이고, 부대 자루를 가리키며,) 거기에 넣
       어두고, 가지고 쓰세요.

길손   (맥없이 물러서며,) 하지만 이걸 짊어지면, 어떻게
       간다지? ……

노인   쉬지 못하면, 짊어지지도 못하네. ─잠시 쉬면, 괜
       찮아지지.

길손   맞아요, 쉰다고요……. (묵묵히 생각에 잠기지만, 갑
       자기 놀라 깨어나서, 귀를 기울인다.) 아니야! 난 못
       해! 나는 역시 가는 게 좋겠어.

노인   당신은 정말 쉬고 싶지 않았소?

길손   저는 쉬고 싶어요.

노인   그러면, 잠깐 쉬구려.

길손   하지만, 전 못 해요…….

노인   당신은 역시 가는 게 좋을 것 같소?

길손   그렇죠. 역시 가는 게 좋습니다.

노인   그러면, 당신은 역시 가는 게 좋겠네.

길손   (허리를 펴며,) 그럼, 작별 인사를 드립니다. 고맙습
       니다. (여자아이에게,) 아가씨, 이거 돌려줄게, 돌려

받아요.

(여자아이는 두려워하며, 손을 거두고, 토담집 안으로 숨어들려 한다.)

노인   가져가시게. 너무 무거우면, 아무 때나 묘지 안에 버려도 되네.

아이   (앞으로 나오며,) 어머, 그건 안 돼요!

길손   아이고, 그건 안 되지.

노인   그러면, 들백합이랑 들장미 위에 걸쳐 놓으면 되네.

아이   (손뼉을 치며,) 하하! 좋아요!

길손   오오……

(아주 잠깐, 침묵.)

노인   그러면, 작별하세. 평안하기를 비네. (일어서서, 여자아이에게,) 애야, 나를 부축해서 들어가자. 봐라, 해가 벌써 졌구나. (몸을 돌려 문을 향한다.)

길손   감사합니다. 평안하시길 빕니다. (배회하며, 깊이 생각하다가, 갑자기 놀라서,) 하지만 난 못 해! 난 가야만 해. 난 역시 가는 게 좋겠지……. (즉시 고개를 들고, 분연히 서쪽으로 걸어간다.)

(여자아이는 노인을 부축하여 토담집으로 들어가고, 즉시 문을 닫는다. 길손은 들판 속으로 비틀거리며 틈입하고, 밤빛이 그의 뒤를 따른다.)

1925. 3. 2

원제 「過客」. 『어사』 제17호(1925. 3. 9)에 발표되었다.

희곡 형태로 된 것을 시집에 실었으니 극시라고 할 수 있겠다. 자주 인용되는 유명한 작품이다. 서로 다른 세대의 세 사람이 등장한다. 어린 여자아이와 늙은 노인, 그리고 중간 세대인 길손. 여자아이와 노인은 이곳에 정착하여 살고 있고, 길손은 동쪽에서 이곳을 거쳐 서쪽으로 가는 중이다. 서쪽에는 무덤이 있는데, 그 무덤을 지나서 무엇이 있는지는 아무도 모른다. 서쪽에서 부르는 소리가 길손에게 들린다. 노인도 한때 그 소리를 들은 적이 있지만 노인은 그 소리를 상대하지 않고 이곳에서 멈췄다. 하지만 길손은 그 소리에 응한다. 쉬고 싶지만 쉬는 것도 마다하고 계속 가는 것이다. 무덤을 지나 미지의 곳인 서쪽으로 계속 가려 하는 모습은, 영원히 바위를 굴려 올리는 시시포스의 모습과 흡사하다.

죽은 불

　나는 꿈속에서 얼음산 사이를 달리고 있었다.

　이것은 높고 큰 얼음산, 위로 얼음 하늘에 닿았고, 하늘에
는 얼어붙은 구름이 가득한데, 조각난 모양이 물고기 비늘
같았다. 산기슭엔 얼음 숲, 가지와 잎 모두 소나무 삼나무
같았다. 모든 것이 차갑고, 모든 것이 창백했다.

　헌데 나는 갑자기 얼음 골짜기로 추락했다.

　아래위 전후좌우가 죄다 차가웠고, 창백했다. 헌데 모든
창백한 얼음 위에, 수없이 많은 붉은 그림자가, 산호 그물처
럼 얽혀 있었다. 내가 발아래를 내려다보니, 거기에 화염이
있었다.

　그것은 죽은 불이었다. 이글거리는 모습이지만, 허나 미
동조차 없이, 온통 얼어붙었다, 산홋가지처럼. 가지 끝에 응
고된 검은 연기는, 방금 화택火宅에서 나와서, 그래서 눌어
붙은 것 같았다. 이렇게, 사방의 얼음벽에 비치고, 또 서로
되비쳐, 수없이 많은 그림자가 되어서, 이 얼음 골짜기를,
붉은 산호색으로 만들었다.

　하하!

　내 어렸을 적에, 좋아라 구경했었다 쾌속선이 일으키는

물보라와, 용광로가 뿜어내는 맹렬한 불길을. 구경하는 것 뿐 아니라, 자세히 보고 싶었다. 안타깝게도 그것들은 시시 각각 변해서, 고정된 모습이 없다. 응시하고 또 응시해도, 일정한 모습은 단 한 번도 남기지 않는다.

죽은 화염아, 이제 너를 먼저 얻었구나!

죽은 불을 주워 들고, 자세히 보려 하는데, 그 냉기가 벌 써 손가락에 화상을 입혔다. 그렇지만, 나는 꾹 참고, 그것 을 주머니 속에 넣었다. 얼음 골짜기 사방이, 금세 완전히 창백해졌다. 나는 한편으로 얼음 골짜기에서 벗어날 방법을 궁리했다.

내 몸에서 한 가닥 검은 연기가 뿜어져 나와, 실뱀처럼 상 승했다. 얼음 골짜기 사방에, 다시 금세 붉은 화염이 가득 흘러, 커다란 불구덩이처럼, 나를 포위했다. 고개 숙여 살펴 보니, 죽은 불이 이미 타올라, 내 옷을 뚫고 나가, 얼음 바닥 위를 흐르고 있었다.

"오, 친구! 자네가 자네의 온열로, 나를 깨웠군." 그가 말 했다.

나는 얼른 그에게 인사를 하고, 그의 이름을 물었다.

"원래 사람들이 나를 얼음 골짜기에 버렸지," 그가 엉뚱한 대답을 했다, "나를 버린 자들은 벌써 멸망했어, 다 사라졌지. 나도 얼어붙어 죽을 뻔했네. 만일 자네가 온열을 줘서, 나를 다시 타오르게 하지 않았다면, 나는 머지않아 멸망했을 거야."

"당신이 깨어나서, 저도 기뻐요. 저는 얼음 골짜기에서 벗어날 방법을 생각하는 중입니다. 당신을 가지고 가서, 당신을 영원히 얼어붙지 않게, 영원히 타오를 수 있게 해드리고 싶어요."

"아아! 그러면, 난 다 타버릴 거야!"

"당신이 다 타버리면, 제가 안타깝죠. 당신을 남겨둘 테니, 계속 여기에 계세요."

"아아! 그러면, 난 얼어 죽을 거야!"

"그러면, 어떡하죠?"

"헌데 자네 자신은, 또 어떡할 건가?" 그가 반문했다.

"제가 말했죠, 저는 이 얼음 골짜기에서 나가겠어요……."

"그러면 나는 다 타버리는 게 낫겠어!"

그가 갑자기 뛰어올랐다, 붉은 혜성처럼, 나를 데리고 얼음 골짜기 밖으로 나갔다. 돌 싣는 큰 수레가 갑자기 달려들었고, 나는 결국 수레바퀴 아래 깔려 죽었는데, 헌데 나는 죽기 전에 볼 수 있었다 그 수레가 얼음 골짜기 속으로 추락하는 걸.

"하하! 너희들은 죽은 불을 다시는 못 만날 거다!" 나는 의기양양 웃으며 말했다, 마치 이렇게 되기를 원했던 것처럼.

1925. 4. 23

원제 「死火」. 『어사』 제25호(1925. 5. 4)에 발표되었다. 이 작품부터 잇달아 일곱 편이 꿈 이야기다. 전부 "我夢見······"(나는 ······하는 꿈을 꾸었다, 혹은 나는 꿈속에서 ······했다)으로 시작된다.

많이 인용되는 작품이다. 얼음 골짜기에 떨어진 나는 얼어붙은 불을 발견한다. 타오르는 모습 그대로 순간 동결된 것 같은 불. 죽은 불이다. 죽은 불을 주머니에 넣자 내 몸의 온기로 되살아난다. 되살아난 불은 다 타버리는 길과 얼어 죽는 길 사이에서 다 타버리기를 선택한다. 나를 데리고 얼음 골짜기 밖으로 나가는 불. 나오자마자 수레에 깔려 죽는 나. 나는 죽어가면서도 불이 얼음 골짜기를 벗어난 것을 기뻐한다.

개의 반박

나는 꿈에 좁은 골목을 가고 있었다, 낡은 옷차림으로, 거지처럼.

개 한 마리가 등 뒤에서 짖기 시작했다.

나는 거만하게 돌아보며, 꾸짖었다.

"야! 닥쳐! 이 아첨꾼 개야!"

"히히!" 그가 웃더니, 이어서 말했다, "어딜 감히, 부끄럽게도 사람만은 못하지."

"뭐라고!?" 나는 화가 났다, 극도의 모욕이라고 느껴졌기 때문에.

"나는 부끄러워, 아직도 구리와 은을 구별할 줄 모르고, 면과 비단을 구별할 줄 모르고, 관과 민을 구별할 줄 모르고, 주인과 노예를 구별할 줄 모르고, 그리고 또……."

나는 도망쳤다.

"잠깐 기다려! 이야기 좀더 해보자고……." 그가 뒤에서 큰 소리로 만류했다.

나는 곧장 도망쳤다, 온 힘을 다해, 꿈에서 벗어날 때까지, 내 침대로 돌아올 때까지.

1925. 4. 23

원제「狗的駁詰」.『어사』제25호(1925. 5. 4)에 발표되었다.

거지 차림인 나를 향해 짖는 개에게 권세와 재물에 아첨한다고 비난하자 개가 반박한다. 사람이 개보다 더 큰 아첨꾼이라는 반박에 할 말이 없어진 나는 도망친다.

잃어버린 좋은 지옥

나는 꿈속에서 침대에 누운 채, 거칠고 추운 들판, 지옥 근처에 있었다. 모든 귀신들의 울부짖는 소리는 나지막하면서도 질서가 있었고, 화염의 포효와, 기름의 비등沸騰과, 철창鐵槍의 진동과 공명하여, 매혹적인 큰 음악을 이루면서, 삼계三界*에 선언하고 있었다, 지하는 태평하다고.

한 위대한 남자가 내 앞에 섰다, 아름답고, 자비롭고, 온몸에 큰 광휘가 가득한 채, 하지만 나는 알고 있었다 그가 마귀임을.

"이제 다 끝났네, 이제 다 끝났어! 불쌍한 귀신들은 그 좋은 지옥을 잃어버렸어!" 그는 비분스럽게 말하고, 그러고는 앉아서, 내게 들려주었다 자기가 아는 이야기를—

"천지가 벌꿀색일 때, 그때가 바로 마귀가 천신天神과 싸워 이겨, 일체를 주재하는 큰 권위를 장악했을 때였지. 그는 천국을 접수하고, 인간 세상을 접수하고, 지옥도 접수했지. 그리고 그는 지옥에 친히 나타나서, 중앙에 앉아, 온몸에서 큰 광휘를 뿜어, 모든 귀신들을 비추었지.

"지옥은 벌써 오래전부터 해이해졌어. 칼의 숲은 빛을 잃

---

* 천국과 인간 세계와 지옥.

었어. 끓는 기름의 가장자리는 부글거리지 않은 지 오래야.
큰 불구덩이가 때때로 푸른 연기를 피울 뿐, 먼 곳에서 만다
라꽃이 움텄지만, 꽃은 아주 작고, 창백하고 가련했어. ──
그건 이상한 일이 아니야, 왜냐하면 지상이 이미 크게 타버
렸고, 자연이 그 비옥함을 잃어버렸기 때문에.

"귀신들이 찬 기름 미지근한 불 속에서 깨어났고, 마귀의
광휘 속에서 지옥의 작은 꽃, 그 창백하고 가련한 모습을 보
고, 크게 매혹되어, 문득 인간 세상을 기억해내고, 묵상에
든 지 여러 해 만에, 드디어 동시에 인간 세상을 향해, 지옥
에 반대하는 절규를 터뜨렸지.

"인류가 그 소리에 응해 일어났고, 정의를 위해 외치며,
마귀와 싸웠어. 싸우는 소리가 삼계에 가득했고, 우레 소리
보다 훨씬 컸어. 마침내 큰 꾀를 내고, 큰 그물을 쳐서, 마귀
를 지옥 밖으로 도망가지 않을 수 없게 만들었어. 최후의 승
리는, 지옥 문 위에도 인류의 깃발을 세운 것!

"귀신들이 일제히 환호할 때, 지옥을 정리할 인류의 사자
가 벌써 지옥에 도착했지, 그는 지옥 한가운데 앉아서, 인류
의 위엄으로, 모든 귀신들을 질타했지.

"귀신들이 또다시 지옥에 반대하는 절규를 터뜨렸을 때, 그들은 이미 인류의 반역자가 되어 있었고, 영원한 고통이라는 벌을 받아, 칼의 숲 복판으로 쫓겨났어.

"인류는 그리하여 지옥을 주재하는 큰 권위를 완전히 장악했고, 그 위엄이 마귀를 넘어섰지. 인류는 그리하여 해이해진 지옥을 바로잡고, 먼저 소머리 귀졸鬼卒 아방阿傍에게 최고의 봉급을 주었지. 또, 땔감을 더해 불길을 높이고, 칼의 산을 날카롭게 갈고, 지옥의 모든 면모를 일신하고, 종전의 퇴폐적 분위기를 싹 씻어냈지.

"만다라꽃은 금세 시들었어. 기름은 똑같이 끓었고, 칼은 똑같이 날카로웠고, 불은 똑같이 뜨거웠고, 귀신들은 똑같이 신음했고, 똑같이 몸부림쳤고, 심지어 잃어버린 좋은 지옥을 기억할 겨를조차 없어졌어.

"이것은 인류의 성공이고, 귀신의 불행…….

"친구, 너는 나를 의심하고 있군. 그래, 너는 인간이지! 나는 가려네, 야수와 악귀를 찾으러……."

1925. 6. 16

원제「失掉的好地獄」.『어사』제32호(1925. 6. 22)에 발표되었다. 이 작품의 창작 동기에 대해 루쉰은 "지옥 역시 반드시 잃어버려야 한다고, 말 잘하고 손 악랄한 자들이 그때는 아직 뜻을 이루지 못한 영웅의 얼굴과 말투로 내게 말했다. 그래서「잃어버린 좋은 지옥」을 지었다"라고 밝혔다. "말 잘하고 손 악랄한 자들"은 보통 당시 베이징의 친정부적 지식인들을 가리킨다고 보지만 광둥 혁명정부 안의 야심가들을 가리킨다고 보기도 한다.

지옥의 통치권을 놓고 천신과 마귀가 싸워 마귀가 이겼었고, 다시 마귀와 인류가 싸워 인류가 이겼다. 그런데 지옥의 주민인 귀신들 입장에서 그들은 다 똑같은 통치자일 뿐이다. 오히려 통치자가 바뀔 때마다 상황은 더 나빠진다. 통치 기술이 점점 더 고도화되기 때문이다. 잃어버린 지옥이 오히려 좋은 지옥이었다는 진술은 권력에 대한 보편적 진실을 현시해준다. 귀신들이 자치하는 지옥은 불가능할까?

묘갈명

나는 꿈에서 묘갈 앞에 서서, 거기 새겨진 글을 읽고 있었
다. 그 묘갈은 사암으로 만든 듯, 많이 벗겨졌고, 이끼가 잔
뜩 끼었는데, 일부 글귀만 남아 있었다—

　"……큰 소리로 노래하며 미친 듯이 놀다가 한기가
들었고, 천상에서 심연을 보았다. 모든 눈〔眼〕 속에서
무無를 보았고, 희망 없음에서 구원을 얻었다. ……

　"……떠돌던 영혼 하나, 긴 뱀이 된다, 입에 독니가
있는. 남을 물지 않고, 저 자신을 물어, 마침내 소멸된
다. ……

　"……떠나라!……"

묘갈 뒤로 돌아가니, 외로운 무덤이 보이는데, 풀도 나무
도 없고, 이미 무너졌다. 크게 벌어진 틈으로, 시체가 보이
는데, 가슴과 배가 다 갈라졌고, 심장도 간도 없다. 얼굴에
기쁘거나 슬픈 모습은 전혀 나타나지 않았고, 단지 연기처
럼 흐릿했다.

의구심을 느끼며 몸을 돌리기 직전에, 문득 묘갈 뒷면의
남은 글귀가 보였다—

　"……심장을 꺼내 스스로 먹었다, 본맛을 알고 싶어

서. 살을 쎄는 아픔이 너무 크니, 어찌 본맛을 알겠는가?……

"……아픔이 가라앉은 뒤, 천천히 먹었다. 허나 그 심장은 이미 싱싱하지 않으니, 본맛을 또 어찌 알리오?……

"……대답하라! 아니면, 떠나라!……"

나는 떠나려 했다. 허나 시체가 이미 무덤 속에서 일어나 앉았고, 입술을 움직이지도 않았지만, 하지만 말했다—

"내가 먼지가 되었을 때, 너는 나의 미소를 보리라!"

나는 질주했다, 감히 돌아보지 못하고, 그가 쫓아오는 게 보일까 두려워서.

1925. 6. 17

원제「墓碣文」.『어사』제32호(1925. 6. 22)에 발표되었다. 무덤
앞에 세우는 둥그스름한 작은 비석에 새기는 글이 묘갈명이다.

묘갈의 앞과 뒤에 새겨진 글이 다르다. 앞글은 무無와 희망 없
음이 실재임을 아는 자의 자기 부정적 삶에 대한 요약이다. 뒷글
은 그 자기 부정이 극단화된 나머지, 자신의 심장을 꺼내 스스로
먹는 지경에 이르렀음을 밝히는 고백이다. 앞과 뒤는 표면과 이
면, 표층과 심층의 관계라 할 수 있다. 의식과 무의식의 관계일 수
도 있다. 이면, 심층, 무의식을 들여다본 나의 앞에서 시체가 일어
나 앉고, 공포에 질린 나는 도망친다. 묘갈명과 무덤과 시체는 나
의 내면이다.

퇴패한 선의 떨림

　나는 꿈속에서 꿈을 꾸고 있었다. 어디인지는 모르지만, 눈앞은 한밤중의 꼭 닫힌 작은 집 안이었고, 지붕 위로 돌나물의 빽빽한 숲도 보였다.

　목재 탁자 위 등갓을 새로 닦아서, 방 안은 아주 밝았다. 빛 속에서, 낡은 침상 위에서, 낯선 사람의 털 많고 사나운 살덩어리 아래에서, 작고 마른 몸이, 굶주림으로, 고통으로, 경이로, 치욕으로, 기쁨으로 떨고 있었다. 팽팽하지는 않지만, 여전히 풍만한 피부가 매끄럽고, 창백한 두 뺨은 발그레했다, 납 위에 연지를 바른 것처럼.

　등불도 무서워서 움츠러들었고, 동녘이 이미 밝고 있었다.

　하지만 허공에는 여전히 굶주림의, 고통의, 경이의, 치욕의, 기쁨의 파도가 가득히 요동쳤다…….

　"엄마!" 여닫는 문소리에 두 살쯤 된 여자아이가 깨어나, 거적을 친 방구석 바닥에서 소리쳤다.

　"아직 일러, 좀더 자렴!" 그녀가 당황하며 말했다.

　"엄마! 나 배고파, 배가 아파. 우리 오늘은 먹을 게 있을까?"

　"오늘은 먹을 게 있단다. 좀 있다가 사오빙 장수 오면, 엄마가 사주마." 흐뭇하게 손바닥 안의 작은 은 조각을 더 꼭

쥐는 그녀, 낮은 목소리가 서글프게 떨렸다, 방구석으로 다가가 자기 딸을 살펴보고, 거적을 치우고, 아이를 안아서 낡은 침상에 내려놓았다.

"아직 일러, 좀더 자렴." 그녀는 말하면서, 눈을 들어, 하소연할 데도 없이 낡은 지붕 위의 하늘을 바라보았다.

허공에서 갑자기 큰 파도가 또 일어나, 먼젓번 것과 부딪쳐서, 맴돌며 소용돌이가 되어, 모든 것을 다, 나까지도 삼켜버리니, 입도 코도 다 숨을 쉴 수가 없었다.

내가 신음하며 깨어나 보니, 창밖에는 은색 달빛이 가득했고, 날이 밝으려면 아직 먼 것 같았다.

어디인지는 모르지만, 눈앞은 한밤중의 꼭 닫힌 작은 집 안이었고, 남은 꿈을 계속 꾸고 있다는 걸 나는 알았다. 하지만 꿈의 연대는 여러 해가 지났다. 집의 안팎은 이제 잘 정리되어 있는데, 안에는 젊은 부부와 어린아이들 몇이, 늙어가는 한 여자를 원망스럽고 경멸스럽게 대하고 있었다.

"우리가 사람들 보기 창피한 건, 오직 당신 때문이야," 남자가 화를 내며 말했다. "아직도 당신이 저 사람을 키웠다고 생각하는데, 실은 해친 거야, 어렸을 때 굶어 죽는 게 나았어!"

"내 평생을 망쳤어, 바로 당신이!" 여자가 말했다.

"나까지 말려들었지!" 남자가 말했다.

"쟤들까지 말려들었어!" 여자가 말하면서, 아이들을 가리켰다.

제일 작은 아이가 마른 갈댓잎을 가지고 놀다가, 그때 허공을 향해, 한 자루 강철 칼처럼 휘두르면서, 큰 소리로 말했다.

"죽여라!"

입가를 떠는 늙어가는 여자, 잠깐 넋을 잃었다가, 이어 차분해졌고, 잠시 후, 그녀는 냉정하게, 앙상한 석상처럼 일어섰다. 그녀는 판자문을 열고서, 발걸음을 내디뎌 깊은 밤 속으로 걸어 나갔다, 모든 차가운 욕설과 독한 비웃음을 등 뒤에 남겨두고.

그녀는 깊은 밤 속을 계속 걸었다, 끝없는 황야에 도착할 때까지. 사방은 다 거친 벌판이고, 머리 위엔 높은 하늘뿐, 벌레나 새 한 마리 날아가지 않았다. 그녀는 벌거벗은 채로,

석상처럼 황야의 복판에 섰고, 한순간에 지나간 모든 일들이 주마등처럼 비쳤다. 굶주림, 고통, 경이, 치욕, 기쁨, 그리하여 떨었다. 해친 거야, 망쳤어, 말려들었어, 그리하여 경련했다. 죽여라, 그리하여 차분해졌다. ……다시 한순간에 모든 것을 하나로 합쳤다, 미련과 결별을, 애무와 복수를, 양육과 멸절을, 축복과 저주를…… 그녀는 그리하여 두 손을 한껏 하늘 향해 뻗고서, 입술 사이로 흘려냈다 사람과 짐승의, 인간 세상의 것이 아닌, 그래서 말이 없는 언어를.

그녀가 말 없는 언어를 말할 때, 그녀의 석상같이 위대한, 하지만 이미 황폐해진, 퇴폐해진 그 몸뚱이 전부가 다 떨렸다. 그 진동 하나하나가 물고기 비늘 같았고, 모든 비늘이 다 불 위의 끓는 물처럼 넘실거렸다. 허공도 금세 같이 떨었다, 폭풍우 속 거친 바다의 파도처럼.

그녀는 그리하여 눈을 들어 하늘을 향했고, 말 없는 언어조차 완전히 침묵했고, 오직 떨림만이, 햇빛처럼 방출되어, 허공 속의 파도를 즉각 맴돌게 하고, 태풍을 만난 듯, 끝없는 황야에서 용솟음치게 했다.

나는 가위눌렸다, 하지만 손을 가슴 위에 올려놓았기 때

문임을 스스로 알고 있었다. 나는 꿈속에서 평생의 힘을 다
해, 이 엄청나게 무거운 손을 치우려 했다.

1925. 6. 29

원제「頽敗線的顫動」.『어사』제35호(1925. 7. 13)에 발표되었다. 퇴패는 쇠퇴하여 무너진다는 뜻으로, 우리말에서도 사용되는 한자어다.

가난 속에서 온갖 고생을 하며(도입부 두번째 문단의 묘사는 매춘 행위를 암시한다) 사랑하는 딸을 키웠는데, 성장하여 결혼하고 아이까지 몇 낳은 딸의 가족이 늙은 그녀를 비난한다. 충격을 받은 그녀는 밤의 황야에서 벌거벗은 채로 석상처럼 선 채 지난 삶을 돌아본다. 지난 삶은 상반되는 것들로 가득하다. 미련과 결별, 애무와 복수, 양육과 멸절, 축복과 저주. 그것들을 하나로 합친 그녀는 인간을 벗어난다. 그녀의 퇴패해진 몸뚱이가 떨리고, 그 떨림에 공명하여 허공도 같이 떨고, 떨림이 폭풍우 속 거친 바다의 파도처럼 끝없는 황야에서 용솟음친다. 이것은 '나'의 꿈의 내용이다. 악몽을 꾼 것이다. 꿈속의 그녀는 '나'의 무의식이 표출된 것일까? 루쉰이 실제로 겪은 배반이 이 작품의 모티프가 되었다는 설이 있다.

입론

나는 꿈에 초등학교 교실에서 작문을 준비하며, 선생님에게 입론의 방법을 질문했다.

"어렵다!" 선생님이 안경테 너머로 눈빛을 비스듬히 쏘아내어, 나를 보며, 말했다. "너에게 이야기 하나를 들려주마—

"한 집에 남자아이가 태어나서, 온 집안사람들이 너무나 기뻐했다. 한 달이 되었을 때, 아이를 안고 나와 손님들에게 보여주었지, —물론 좋은 소리를 듣고 싶어서였을 거야.

"한 사람이 말했다. '이 아이는 부자가 될 겁니다.' 그러자 그는 감사를 받았지.

"한 사람이 말했다. '이 아이는 관리가 될 겁니다.' 그러자 그는 몇 마디 덕담을 돌려받았지.

"한 사람이 말했다. '이 아이는 죽을 겁니다.' 그러자 그는 사람들 모두에게 욕을 먹었다.

"죽을 거라는 말은 필연이고, 부귀를 얻을 거라는 말은 거짓일지도 모른다. 하지만 거짓을 말한 사람은 보답을 받고, 필연을 말한 사람은 매를 맞는다. 너는……"

"저는 거짓말을 하기도 싫고, 매를 맞기도 싫어요. 그렇다면, 선생님, 저는 무슨 말을 해야 하나요?"

"그렇다면, 너는 이렇게 말해야 한다. '아하! 이 아이는 정말! 세상에! 너무너무…… 오오! 하하! Hehe! he, hehehehe."

1925. 7. 8

원제 「立論」. 『어사』 제35호(1925. 7. 13)에 발표되었다.

자신의 주장과 논거를 제시하며 의론을 펼치는 것이 입론이다. 선생님은 왜 입론이 어렵다고 하는가? 사람들이 거짓을 좋아하고 진실을 싫어하기 때문이다. 거짓말을 하기도 싫고, 진실을 말해 매를 맞는 것도 싫으면 입론은 불가능하다. 이 우화는 세태에 대한 풍자인 동시에, 자신의 입론의 정당성에 대한 반어적 주장이다.

죽은 뒤

나는 꿈속에서 길거리에 죽어 있었다.

여기가 어디인지, 내가 어떻게 여기에 왔는지, 어떻게 죽었는지, 이 모든 것을 나는 전혀 알지 못했다. 한마디로 말해, 나 자신이 죽었다는 걸 알게 되었을 때, 나는 이미 거기에 죽어 있었다.

까치 울음소리가 몇 번 들렸고, 뒤이어 까마귀가 한바탕 울어댔다. 공기는 맑았는데,—흙냄새가 좀 나긴 했지만,—바야흐로 동틀 무렵인 것 같았다. 나는 눈을 뜨려 했지만, 눈꺼풀이 조금도 움직이지 않았다, 정말로 내 눈이 아닌 것처럼. 그래서 손을 들려 했지만, 마찬가지였다.

공포의 화살촉이 갑자기 내 심장을 꿰뚫었다. 살아 있을 때, 장난삼아 상상해본 적이 있었다, 만약에 한 사람의 죽음이, 운동신경의 소멸일 뿐이고, 지각은 그대로라면, 그것은 완전히 죽는 것보다 더 무서울 거라고. 누가 알았겠는가 나의 예상이 결국 적중할 줄을, 나 자신이 그 예상을 실증할 줄을.

발걸음 소리가 들리는 건, 행인일 것이었다. 외바퀴 손수레가 내 머리 곁을 지나갔는데, 무거운 짐을 실은 듯, 덜그

럭덜그럭 소리를 내어 신경에 거슬렸고, 이가 다 시렸다. 눈이 온통 새빨갛게 느껴지는 건, 해가 뜬 것임이 분명했다. 그렇다면, 내 얼굴은 동쪽을 향하고 있는 것이었다. 하지만 그런 건 다 괜찮았다. 수군거리는 사람들 소리, 구경꾼들. 그들이 일으키는 황토 먼지가, 내 콧구멍으로 날아들어, 나는 재채기를 하고 싶어졌다. 하지만 끝내 하지 못했다, 단지 하고 싶은 마음뿐이었다.

계속해서 발걸음 소리가 났는데, 모두 근처에 와서 멈추었고, 수군거리는 소리가 더 많아졌다. 구경꾼이 많아진 것이었다. 나는 갑자기 그들이 무슨 말을 하는지 듣고 싶어졌다. 하지만 동시에 생각했다, 내가 살아 있었을 때 무슨 비평 따위는 일고의 가치도 없다고 했던 말이, 마음에도 없는 말이었던 것 같고, 죽자마자, 파탄을 드러낸 것이라고. 그렇지만 그래도 들어봤는데, 그러나 결국 결론을 얻지 못했다. 귀납하면 이런 것들뿐이었으니—

"죽었나?……"

"헉. —이거……."

"으흠!……"

"쯔쯔……. 아이구!……"

나는 몹시 기뻤다, 익숙한 목소리가 끝까지 들리지 않았기 때문에. 아니면, 누군가의 마음을 아프게 했을 것이고, 누군가를 즐겁게 해주었을 것이고, 누군가에게는 식후의 얘깃거리를 보태줘서, 귀중한 시간을 잔뜩 낭비하게 했을 텐데, 그랬으면 나는 미안했을 것이다. 지금은 아무도 보지 못했으니, 아무도 영향을 받지 않을 것이었다. 잘됐어, 이것으로 사람들에게 떳떳해진 셈이야!

하지만, 아마도 한 마리 개미가, 내 등을 기어오르는지, 간지러웠다. 나는 조금도 움직이지 못했기에, 그놈을 제거할 능력이 없었다. 평상시였다면, 몸을 한번 비틀기만 해도, 그놈을 물리칠 수 있었다. 게다가, 허벅지에도 또 한 마리가 기어오르고 있구나! 너희들 무얼 하는 거냐? 버러지들아!?

사정은 더 나빠졌다. 윙 하는 소리가 나면서, 파리 한 마리가 내 광대뼈에 내려앉았고, 몇 발자국 떼더니, 다시 날아서, 주둥이를 열고 내 코끝을 핥았다. 나는 고민하면서 생각했다, 귀하, 나는 무슨 위인이 아니오, 내게서 논문의 재료를 찾을 필요가 없소…… 하지만 말을 할 수가 없었다. 그놈

224

은 코끝에서 뛰어내리더니, 다시 차가운 혀로 내 입술을 핥았는데, 애정의 표시인지도 몰랐다. 또 다른 몇 마리가 눈썹 위로 모였는데, 한 걸음씩 내디딜 때마다, 내 눈썹이 뿌리째 흔들렸다. 실로 귀찮아서 참을 수가 없었다,──참을 수 없음의 극치였다.

갑자기, 한차례 바람이 일고, 뭔가가 내 위를 덮치자, 그것들은 일제히 날아올랐는데, 떠나면서 말했다──

"아깝도다!……"

나는 화가 나서 거의 졸도할 지경이었다.

목재가 땅바닥에 떨어지는 둔중한 소리가 땅의 울림과 함께, 갑자기 나를 깨웠고, 이마에 거적의 줄무늬가 느껴졌다. 하지만 그 거적은 걷혔고, 다시 금세 작열하는 햇빛이 느껴졌다. 누군가가 말하는 소리도 들렸다──

"왜 여기서 죽는 거야?……"

그 소리가 내게 가까운 걸로 봐서, 그 사람은 허리를 굽히고 있을 것이었다. 하지만 사람이 어디에서 죽어야 한다는 건가? 전에 나는, 사람이 땅 위에서 비록 마음대로 살 권리는 없더라도, 마음대로 죽을 권리는 있다고 생각했었다. 이제야 알게 되었다 결코 그렇지 않다는 걸, 사람들의 중의衆意에 부합하기가 어렵다는 걸. 안타깝게도 나는 오랫동안 종이와 펜이 없었고, 있다 해도 쓸 수 없었고, 또 쓴다 해도 발표할 곳이 없었다. 이대로 포기할 수밖에 없었다.

누군가가 나를 들어 올렸지만, 누구인지는 몰랐다. 칼집 소리가 들리는 걸로 봐서, 여기에 순경이 있는 것 같았다, 내가 '여기서 죽는 것'이 허용되지 않는 여기에. 나는 몇 번 몸이 뒤집혔고, 위로 들어 올려졌다가, 다시 아래로 내려지는 게 느껴졌다. 그다음엔 뚜껑을 닫고, 못을 박는 소리가 들렸다. 하지만, 이상하게도, 못을 두 개만 박았다. 설마 이곳의 관에는, 못을 단지 두 개만 박는 건가?

나는 생각했다. 이번엔 육면의 벽에 갇혔는데, 밖에서 못까지 박는구나. 정말로 완전한 실패로다, 아아 슬프다!……

"답답해!……" 나는 또 생각했다.

그러나 나는 사실 전보다 훨씬 편안해졌다, 비록 매장된 건지는 분명치 않았지만. 손등에 거적의 줄무늬가 닿았고,

이 이불도 나쁘지 않다고 느껴졌다. 단지 누가 나를 위해 돈을 썼는지 모르는 것이, 아쉽구나! 하지만, 가증스럽군, 염을 한 놈들! 등 뒤의 속옷 한구석이 구겨졌는데, 그놈들이 펴주질 않아, 지금 참을 수 없게 배겼다. 너희들은 죽은 사람은 모를 거라 생각하고, 일을 이따위로 대충 하는 거냐? 하하!

내 몸은 살아 있을 때보다 훨씬 더 무거워진 것 같았고, 그래서 구겨진 옷이 배기니 너무나 불편했다. 하지만 나는 생각했다. 머지않아 습관이 될 거라고. 혹은 썩어버릴 거라고, 더 이상 큰 불편이 생기기 전에. 지금은 가만히 묵상이나 하는 편이 나았다.

"안녕하세요? 죽은 겁니까?"

자못 귀에 익은 소리였다. 눈을 뜨고 보니, 발고재勃古齋 고서점의 젊은 외근 사원이었다. 20여 년 만에 보는 건데도, 여전히 옛 모습 그대로였다. 내가 다시 육면의 벽을 살펴보니, 정말로 너무나 조잡했고, 아예 대패질을 조금도 하지 않아서, 톱질한 자리에 보풀이 수북했다.

"괜찮아요, 상관없어요." 그는 말하면서, 암청색 천으로 싼 보따리를 풀었다. "이건 명나라 판『공양전公羊傳』, 가정嘉靖

연간에 나온 검은 줄 있는 판본이에요, 당신에게 드립니다. 받아두세요. 이건……."

"자네!" 나는 의심쩍게 그의 눈을 바라보며, 말했다, "자네 정말 머리가 이상해진 거 아냐? 내 이 꼬라지를 보고서도, 무슨 명나라 판을 보라고?……"

"볼 수 있어요, 괜찮아요."

나는 얼른 눈을 감았다, 그를 상대하기가 귀찮았기 때문에. 잠시 후, 기척이 사라졌는데, 그가 가버린 모양이었다. 하지만 이번엔 개미 한 마리가 목을 기어오르는 것 같았는데, 마침내 얼굴 위로 올라와서, 오직 눈가를 빙빙 맴돌았다.

생각지도 못했다. 사람의 생각이, 죽은 뒤에도 변할 수 있다고는. 그랬는데, 어떤 힘이 내 마음의 평안을 깨뜨렸다. 그리고, 많은 꿈들이 눈앞에 떠올랐다. 몇몇 친구들은 나의 안락을 빌었고, 몇몇 적들은 나의 멸망을 빌었다. 하지만 나는 안락하지도 않았고, 멸망하지도 않은 채 이도 저도 아니게 살았으니, 어느 쪽의 기대에도 부응하지 못한 것이다. 이제는 또 그림자처럼 죽어버렸다, 적들조차 모르게, 그들에게 공짜로 누릴 기쁨을 조금도 주지 않으려고.……

　나는 흐뭇함 속에서 울음이 날 것 같았다. 이것은 아마 죽은 뒤의 내 첫번째 울음일 것이었다.

　그렇지만 끝내 눈물은 흐르지 않았다. 단지 눈앞에 불꽃이 번쩍이는 것 같았고, 이에 나는 일어나 앉았다.

1925. 7. 12

원제 「死後」.『어사』제36호(1925. 7. 20)에 발표되었다.

이 작품에서 특히 주목할 것은 감금과 고립의 모티프다. 쇠로 만든 방에 갇힌 사람들이 마비된 채 죽어간다는 그 유명한 '쇠로 만든 방' 이야기와 비교해보면 여기서 죽은 나는 혼자 갇혀 있고, "이번엔 육면의 벽에 갇혔는데, 밖에서 못까지 박는구나"라는 진술에서 보듯 감금 상황이 훨씬 더 악화되었다. "이번엔"이라는 말이 쇠로 만든 방 이야기를 자연스럽게 환기시킨다. 쇠로 만든 방 이야기는 1917년의 일을 1922년에 쓴 것이고 이 작품은 1925년 작이다. 마지막 문장에서 일어나 앉은 것은 꿈속의 죽은 나(관 속에 갇혀 있는)일까, 꿈을 꾸던 산 나(아마도 침대 위에 누워 있을)일까?

이런 전사戰士

이런 전사戰士가 있어야 하네──

아프리카 토인같이 몽매한 채 새하얀 모제르 소총 메지 않았지, 중국 녹영병*같이 지친 채로 모제르 권총 차지 않았지. 그는 쇠가죽 폐철 갑주에 매달리지 않지. 그에겐 그 자신뿐, 허나 야만인들이 쓰는, 손으로 던지는 투창을 가졌지.

그가 무물無物의 진陣에 들어서면, 만나는 이 모두 그에게 하나같이 인사를 하네. 그는 알지. 그 인사는 적의 무기, 피를 보지 않고도 사람을 죽이는 무기, 수많은 전사들이 그 때문에 멸망했네, 포탄과 똑같아서, 용사들 힘 쓸 곳 없애버리네.

그들의 머리 위엔 각종 깃발, 갖가지 좋은 이름 수놓았네, 자선가, 학자, 문인, 장자長者, 청년, 아인雅人, 군자……. 머리 아랜 갖은 외투, 온갖 좋은 무늬 수놓았네. 학문, 도덕, 국수國粹, 민의民意, 논리, 공론, 동양 문명…….

허나 그는 투창을 들지.

그들은 입을 모아 맹세하네, 그들 심장은 가슴 가운데 있

* 綠營兵. 청나라 팔기병 중 한인으로 조직된 군대. 청나라 말의 녹영병 은 부패하고 무기력한 군대였다.

다고, 심장이 한쪽에 치우친 다른 인간들과 다르다고. 그들은 가슴에 호심경護心鏡을 차네, 심장이 가슴 가운데 있다고 확신하는 증거로.

허나 그는 투창을 들지.

그는 미소 짓고, 비스듬히 던져, 외려 그들 심장을 맞추지.

모든 것이 다 무너지듯 고꾸라지네, ——그러나 외투만은 남는데, 그 속은 무물. 무물의 물物은 이미 도망쳤고, 승리했네, 왜냐하면 이제 그가 자선가 등등을 살해한 죄인이 되었기에.

허나 그는 투창을 들지.

그는 무물의 진 속에서 큰 걸음을 걷지, 다시 만나지 하나 같은 인사를, 각종 깃발을, 갖은 외투를…….

허나 그는 투창을 들지.

마침내 그는 무물의 진에서 늙고, 죽으리. 마침내 그는 전사가 아니리, 무물의 물이 승자이리.

이런 상황에서는, 아무도 전투의 함성을 듣지 못한다. 태평하다.

태평하다…….

허나 그는 투창을 든다!

1925. 12. 14

원제「這樣的戰士」.『어사』 제58호(1925. 12. 21)에 발표되었다.
"문인 학자들이 군벌을 돕는 것을 보고 썼다"라는 루쉰 자신의 해
명이 있다. 많이 인용되는 작품이다.

허위의 명분을 내건 어용 지식인들이 진을 짜고서 그들에 대한
저항을 무화無化시킨다. 그 진은 무물無物의 진이다. 그들의 속임수
에 넘어가지 않고 저항자-전사가 창을 던져 심장을 꿰뚫지만, 그
들은 외투만을 남기고 도망쳐버린다. 그들은 무물의 물이어서 결
코 죽지 않는다. 없는 것이 어떻게 죽겠는가. 그러나 저항자-전사
는 투창을 영원히 계속한다. 무물의 진에서 늙어 죽을 때까지. 이
전사는 또 하나의 시시포스다.

똑똑한 사람과 바보와 노예

노예는 오직 하소연할 사람을 찾을 뿐이었다. 그것만 하려 했고, 그것만 할 줄 알았다. 어느 날, 그는 똑똑한 사람을 만났다.

"선생님!" 그가 슬프게 말하는데, 눈물이 줄줄, 눈가에서 흘러내렸다. "아시죠. 제가 사는 삶은 정말로 사람의 것이 아닙니다. 먹는 것은 하루에 한 끼도 안 되고, 그 한 끼도 겨우 수수 껍질, 개돼지도 안 먹는 건데, 그것도 겨우 작은 사발로 하나……."

"그거 참 딱하구먼." 똑똑한 사람도 슬피 말했다.

"그러게 말이에요!" 그는 기분이 좋아졌다. "하지만 밤낮으로 쉬지 않고 일합니다. 새벽에는 물을 긷고 저녁엔 밥을 하고, 오전에는 바깥일 하고 밤엔 맷돌질 하고, 맑은 날은 옷을 빨고 비 오는 날엔 우산을 펴고, 겨울에는 난로를 피우고 여름엔 부채질을 하죠. 한밤중에 흰목이버섯을 고아서, 주인님의 노름을 시중드는데, 개평은 받은 적이 없고, 외려 채찍으로 맞기나 하고……."

"아아……." 똑똑한 사람이 탄식을 하는데, 눈가가 붉어지고, 눈물을 흘릴 것만 같았다.

"선생님! 저는 이런 식으로 살아갈 수는 없어요. 저는 다른 방법을 찾아야만 해요. 하지만 무슨 방법이?……"

"내 생각엔, 결국 좋아질 거네……."

"그런가요? 그러기를 바랍니다. 하지만 선생님에게 하소연을 하고, 선생님의 동정과 위안을 받으니까, 벌써 기분이 많이 좋아졌습니다. 하늘의 도리가 다 사라진 건 아닌가 봐요……."

그러나, 며칠 되지 않아, 그는 또 불만이 커졌고, 여전히 하소연할 사람을 찾았다.

"선생님!" 그가 눈물을 흘리며 말했다, "아시죠. 제가 사는 곳은 돼지우리만도 못합니다. 주인님은 저를 사람으로 취급하지 않아요. 자기 발바리한테는 몇만 배나 더 잘해주면서……."

"개자식!" 그 사람이 크게 소리 질러서, 그를 깜짝 놀라게 했다. 그 사람은 바보였다.

"선생님, 제가 사는 곳은 허물어져가는 방 한 칸인데요, 축축하고, 볕도 안 들고, 빈대가 바글거려서, 잠들면 대번

물어댑니다. 악취가 코를 찌르고, 사방에 창문도 하나 없어요……."

"주인에게 창문 하나 만들어달라고 못 합니까?"

"그걸 제가 어떻게?……"

"그러면, 나하고 같이 가봅시다!"

바보가 노예와 함께 그 집에 도착해서, 그 흙벽을 때려 부수기 시작했다.

"선생님! 뭐 하시는 거예요?" 노예가 크게 놀라 말했다.

"창문 구멍을 만들어주는 겁니다."

"안 돼요! 주인님이 야단쳐요!"

"그러라지!" 그는 계속 때려 부쉈다.

"도와줘요! 강도가 우리 집을 부수고 있어요! 빨리요! 늦으면 구멍이 나요!……" 노예는 울부짖으면서, 땅바닥을 데굴데굴 뒹굴었다.

한 무리의 노예들이 나와서, 바보를 쫓아냈다.

고함 소리를 듣고서, 주인이 마지막으로 천천히 나왔다.

"강도가 우리 집을 부수려고 해서요, 제가 먼저 소리를 질렀고요, 사람들이 함께 강도를 쫓아냈습죠." 노예가 공손하면서도 의기양양하게 말했다.

"잘했다." 주인이 이렇게 그를 칭찬했다.

그날 많은 사람들이 위로하러 왔는데, 똑똑한 사람도 그 중에 있었다.

"선생님. 이번에 제가 공을 세워서, 주인님이 저를 칭찬했어요. 저더러 결국 좋아질 거라고 말씀해주셨는데, 정말로 선견지명이 있으세요⋯⋯." 그가 큰 희망이라도 생긴 듯 기뻐하며 말했다.

"그러게 말이야⋯⋯." 똑똑한 사람도 그를 대신해서 기쁜 듯이 대답했다.

1925. 12. 26

원제「聰明人和傻子和奴才」.『어사』제60호(1926. 1. 4)에 발표
되었다.

이 우화에서 노예는 영원히 노예 상태를 벗어나지 못하고 스스
로 노예로 남는다. 똑똑한 사람도 노예제도라는 프레임 안에 들어
있어서 그 프레임을 벗어나지 못한다. 단지 바보만이, 그가 바보
이기 때문에 그 프레임을 벗어날 수 있다. 하지만 그 벗어남은 하
나의 예외일 뿐 프레임은 여전히 굳건하다.

석엽

등불 아래에서 『안문집雁門集』*을 보던 중, 갑자기 납작한 마른 단풍잎 하나가 책갈피에서 나왔다.

그것을 본 나는 작년 늦가을이 기억났다. 간밤에 서리가 잔뜩 내렸고, 나뭇잎은 대부분 시들었는데, 뜰 앞의 한 그루 작은 단풍나무도 붉은색으로 변했다. 나는 나무 주위를 서성이며, 잎의 빛깔을 자세히 살펴보았다. 나무가 푸르던 때는 이렇게 관심을 기울인 적이 없었다. 그 나무는 전체가 다 새빨갛지는 않았고, 대부분은 불그스름했는데, 몇몇 잎들은 새빨간 바탕 위에, 진한 초록색 부분이 몇 군데 남아 있었다. 그중 한 잎에 벌레 구멍이 하나 나 있었는데, 새까만 테두리를 두른 채로, 빨강, 노랑, 초록이 알록달록한 가운데서, 맑은 눈동자처럼 사람을 응시했다. 나는 생각했다, 이건 병든 잎이구나! 그걸 따다가, 방금 사 온 『안문집』 속에 끼워 넣었다. 곧 떨어질 이 벌레 먹고 알록달록한 빛깔을, 잠시나마 보존하고 싶었던 모양이다, 아니면 다른 잎들과 함께 날려 흩어질 테니까.

* 원나라 시인 살도척薩都剌의 시집.

240

헌데 오늘 밤 그것이 밀랍처럼 내 눈앞에 누워 있다. 그 눈동자도 더 이상 작년처럼 반짝이지 않는다. 몇 년 더 지난 다면, 옛날의 빛깔은 내 기억에서 사라지고, 아마 나조차 그 것이 어떻게 책갈피에 끼워진 건지 원인을 모르게 될 것이 다. 곧 떨어질 병든 잎의 알록달록한 모습도, 아주 짧은 시 간 동안만 마주할 수 있는 듯하니, 하물며 울창한 잎들이야. 창밖을 보니, 추위를 잘 견디는 수목도 벌써 벌거벗었다. 단 풍나무는 더 말할 나위도 없다. 가을이 깊었을 때, 작년의 이 잎과 모양이 비슷한 병든 잎이 있었으리라 생각되지만, 허나 애석하게도 금년에 나는 가을 나무를 감상할 여가가 없었다.

1925. 12. 26

원제 「臘葉」. 『어사』 제60호(1926. 1. 4)에 발표되었다. 석엽은 종이나 책 따위의 사이에 끼워 말린 나뭇잎 등의 표본이다. 이 작품은 "나를 사랑하는 사람이 나를 보존하려 하는 것을 보고 지었다"라는 루쉰 자신의 해명이 있다. "나를 사랑하는 사람"은 아내 쉬광핑을 가리킨다. 나중에 쉬광핑은 이 석엽이 바로 루쉰 자신이라고 설명했다. 루쉰과 쉬광핑은 1927년 10월부터 함께 살기 시작했다.

병든 나뭇잎을 따다가 책 속에 끼워 넣은 화자, 그리고 다음 해 그 석엽을 발견하고 착잡한 심정에 잠기는 화자에게서 깊은 자기 연민이 느껴진다.

희미한 핏자국 속에서
—몇몇 죽은 자와 산 자와 아직 태어나지 않은 자를
기념하며

지금 조물주는, 여전히 비겁자다.

그는 몰래 자연재해를 일으키지만, 이 지구를 감히 훼멸하지는 못한다. 몰래 살아 있는 것들을 죽어가게 하지만, 모든 시체를 오래도록 보존할 엄두는 못 낸다. 몰래 인류를 피 흘리게 하지만, 핏빛을 영원히 선명하게 하지는 못한다. 몰래 인류를 고통받게 하지만, 인류가 그것을 영원히 기억하게 할 용기는 없다.

그는 오직 그의 동류—인류 중의 비겁자—만을 배려하여, 화려한 집을 폐허와 황폐한 무덤으로 돋보이게 하고, 고통과 혈흔을 시간으로 희석시킨다. 약간 달콤한 쓴 술을 날마다 한 잔씩, 너무 적지도 않고, 너무 많지도 않게, 살짝 취할 정도로만, 인간에게 따라줘서, 마시는 자를 울게도 하고, 노래하게도 하고, 깬 듯, 취한 듯, 아는 듯, 모르는 듯, 죽고 싶게도 하고, 살고 싶게도 한다. 그는 모든 인간을 다 살고 싶게 만들어야 한다. 여전히 그는 인류를 멸절할 용기가 없다.

몇 개의 폐허와 몇 개의 황폐한 무덤이 지상에 흩어진 채, 희미한 핏자국에 비치고, 사람들은 그 사이에서 자신들의 아득한 슬픔과 고통을 음미하고 있다. 하지만 뱉어내려 하지는 않고, 그래도 공허보다는 낫다고 생각하며, 스스로를 '하늘의 죄인'이라 불러, 자신들의 아득한 슬픔과 고통을 음미하는 데 대한 변명으로 삼고, 숨죽인 채 새로운 슬픔과 고통이 오기를 조용히 기다린다. 새로운 것, 이것이 그들을 두려워하게 만들고, 또한 만나기를 갈망하게 한다.

이들 모두가 조물주의 착한 백성이다. 그에게 필요한 것은 바로 이런 것이다.

반역의 용사가 인간에게서 나왔다. 그는 우뚝 서서, 과거와 현재의 모든 폐허와 황폐한 무덤을 통찰하고, 깊고 넓으며 멀고 오래된 모든 고통을 기억하고, 겹겹이 쌓인 모든 응혈을 정시하고, 이미 죽은 자, 살아 있는 자, 곧 태어날 자와 아직 태어나지 않은 자 모두를 깊이 이해한다. 그는 조물주의 농간을 꿰뚫어 본다. 그는 일어나서 인류를 소생시키거나, 아니면 인류를 멸망시킬 것이다, 조물주의 이 착한 백성들을.

조물주가, 비겁자가, 부끄러워, 숨는다. 하늘과 땅이 용사의 눈 속에서 빛깔을 바꾼다.

1926. 4. 8

원제 「淡淡的血痕中─記念幾個死者和生者和未生者」. 『어사』
제75호(1926. 4. 19)에 발표되었다. 이 작품은 베이징 군벌 정부가
맨손의 민중에게 총을 쏜 사건(즉 3·18사건)을 겪고서 지었다는
루쉰 자신의 해명이 있다.

고통을 주지만 멸절시키지는 않는 것이 비겁한 권력의 지배 방
식이다. 사람들은 그 지배에 길들었다. 슬픔과 고통이 공허보다는
낫다고 생각하고, 슬픔과 고통 속에 살아가며 새로운 슬픔과 고통
이 오기를 기다린다. 반역의 용사는 그 프레임을 벗어나고 그 프
레임을 파괴하려 한다. 그는 비겁한 지배자들을 부끄럽게 만든다.
반역의 용사에 대한 이 찬미의 노래는, 3·18사건의 희생자들에 대
한 추도사다. 하지만 과연 비겁한 지배자들이 부끄러워 숨을까,
하는 의문이 든다. 부끄러워 숨을 거라면 애당초 비겁한 지배자가
되지도 않았을 것 같다.

한잠

비행기가 폭탄 투하라는 사명을 띠고, 학교에 등교라도 하는 것처럼, 매일 오전 베이징 상공을 비행한다. 기체가 공기에 부딪치는 소리를 들을 때마다, 나는 늘 가벼운 긴장을 느끼고, 마치 '죽음'의 내습을 목도하는 것 같은데, 동시에 '삶'의 존재를 깊이 느끼기도 한다.

한두 번 폭발 소리가 은은히 들린 뒤, 비행기는 웅웅 소리를 내며, 천천히 날아가버린다. 아마도 사상자가 있을 테지만, 허나 세상은 오히려 더욱 태평해지는 것 같다. 창밖 백양나무의 여린 잎은, 햇빛 아래 검붉은 색으로 빛나고, 풀또기도 어제보다 더 활짝 피었다. 침상 가득 어질러진 신문을 치우고, 간밤에 책상 위에 쌓인 뿌연 먼지를 털어내니, 나의 네모난 작은 서재는, 오늘도 예전 그대로 이른바 '밝은 창 깨끗한 책상'이다.

모종의 원인으로, 나는 그동안 이곳에 쌓아두었던 청년 작가들의 원고를 편집하기 시작했다. 전부 정리해버릴 작정이다. 작품을 시간 순서대로 읽어가니, 겉치장을 거부하는 이 청년들의 영혼이 내 눈앞에 차례대로 우뚝 선다. 그들은 아름답다, 그들은 순수하다, ―아, 하지만 그들은 고뇌하고,

신음하고, 분노하며, 마침내 난폭해진다, 나의 사랑스러운
청년들이!

영혼이 모래바람에 매 맞아 난폭해져도, 그것이 사람의
영혼이기 때문에, 나는 그런 영혼을 사랑한다. 나는 형체도
색깔도 없는 선혈이 낭자한 난폭함에 입 맞추고 싶다. 아득
한 명원名園에서, 진기한 꽃이 만발하고, 홍안의 숙녀가 초
연히 소요하고, 두루미 소리 내어 울고, 흰 구름 자욱히 일
고…… 당연히 사람들은 이런 것을 동경하겠지만, 허나 나
는 내가 인간 세상에 살고 있음을 항상 기억한다.

갑자기 기억이 난다. 이삼 년 전, 내가 베이징 대학의 강사
대기실에 있을 때, 낯선 청년이 들어와서, 말없이 내게 책 꾸
러미 하나를 건네주고는, 금세 가버렸다. 풀어 보니, 한 권의
『천초淺草』*였다. 그 침묵 속에서 그는, 내게 많은 말들을 전
해주었다. 아, 이 선물은 얼마나 풍요로운가! 애석하게도 그
『천초』는 더 이상 출간되지 않았고, 단지 『침종沈鐘』**의 전

---

* 계간 문예지. 어린 풀이라는 뜻.『침종』의 전신이며, 시인 펑즈馮至가
이 잡지 출신이다.

신前身이 되었을 뿐인 것 같다. 그『침종』이 이 아득한 모래 바람 속에서, 인간의 바다 밑바닥 깊은 곳에서 적막하게 울린다.

엉겅퀴는 거의 치명적인 좌절을 겪고도, 한 송이 작은 꽃을 피우는데, 내가 기억하기로 톨스토이가 큰 감동을 받고서, 소설을 한 편 썼다.*** 하지만, 진작에 말라버린 사막 가운데서 초목이, 필사적으로 뿌리를 뻗고, 깊은 땅속의 물을 빨아들여, 푸른 숲을 만들어내는 것은, 물론 자신의 '삶'을 위해서지만, 허나 지치고 목마른 여행자가, 그것을 보고 잠시 쉴 곳을 찾았다고 기쁘게 느낀다면, 이 얼마나 감격스러운 일이며, 또한 슬픈 일인가!?

『침종』의 「무제」는 ─사고社告를 대신해서─이렇게 쓰고 있다. "어떤 사람이 우리 사회는 사막이라고 말했다. ─만약에 정말로 사막이라면, 비록 좀 황량하더라도 정숙하기

** 주간 및 반월간 문예지. 가라앉은 종이라는 뜻으로, 게르하르트 하웁트만의 작품 제목에서 따왔다.
*** 중편소설 「하지 무라트」. 이 소설에서 엉겅퀴는 주인공 하지 무라트의 강인한 생명력을 상징한다.

는 할 것이고, 비록 좀 적막하다고 해도 창망함을 느낄 수는 있을 것이다. 어찌 이처럼 혼돈스럽고, 이처럼 음침하며, 이처럼 괴이하기야 하겠는가!"

그렇다, 청년의 영혼이 내 눈앞에 우뚝 설 때, 그들은 이미 난폭해져 있거나, 혹은 곧 난폭해지려 하지만, 허나 나는 피 흘리며 몰래 아파하는 그 영혼을 사랑한다, 그 영혼이 내가 인간 세상에 있음을, 인간 세상에서 살고 있음을 느끼게 해주기 때문에.

편집을 하는 동안 석양이 슬며시 서쪽으로 지고, 등불이 내게 빛을 이어준다. 온갖 청춘들이 눈앞에서 하나씩 질주하는데, 몸 밖에는 단지 황혼만 감돈다. 나는 지쳐서, 궐련을 잡은 채, 이름 모를 생각에 잠겨 조용히 눈을 감았고, 긴 꿈을 꾸었다. 문득 놀라 깨어나니, 몸 밖은 여전히 황혼이 감돌고 있다. 연기의 글씨가 움직임 없는 공기 속에서 상승하여, 몇 조각 작은 여름 구름처럼, 천천히 이름 붙이기 어려운 형상을 만들어낸다.

1926. 4. 10

원제「一覺」.『어사』제75호(1926. 4. 19)에 발표되었다. 覺의 한자 발음은 각(중국어 발음은 쥐에jue)과 교(중국어 발음은 쟈오jiao) 두 가지가 있다. 각은 깨닫는다는 뜻이고 교는 옛 한문에서는 잠에서 깬다, 현대 중국어에서는 잠을 잔다는 뜻이다. 현대 중국어의 一覺은 이쟈오yijiao라고 읽으며, 잠깐 조는 것 내지는 잠시 자는 잠, 한잠이라는 뜻이다. 시집『야초』의 맨 끝에 실린 이 작품은 봉천파와 직예파의 군벌 전쟁 때에 지었다는 루쉰 자신의 해명이 있다. 정확히 말하면 3·18사건 직후 지명수배를 받고 도피 중인 때에「희미한 핏자국 속에서」와「한잠」두 작품을 썼다.

청년 작가들의 글을 잡지에 싣기 위해 편집을 하는 화자. 이런저런 상념이 든다. 그러다가 석양이 질 무렵 자기도 모르게 잠이 들었고, 문득 놀라 깨어나니 여전히 황혼이 감돌고 있다. 잠깐 잔 이 잠은 지친 영혼의 휴식이고 위안인 것일까. 담배 연기의 글씨가 만들어내는 형상은 무엇을 암시하는 것일까.

옮긴이의 말

부엉이의 불길한 말과 새로운 희망
─ 루쉰의 산문과 산문시 선집을 엮으며

1

"절망이 허망한 것은 희망과 똑같다." 19세기 헝가리의 시
인 페퇴피 샨도르Petőfi Sándor가 한 말이다. 스물여섯이라는
꽃다운 나이로 헝가리 독립 전쟁에 출전하여 전사한 이 시
인은 특히 연애시를 잘 썼다고 하는데, 시인의 저 말은 희망
도 허망하고 절망도 허망하다는, 몹시 비관적인 말같이 느
껴진다.

　루쉰은 자신의 산문시 「희망」에서 희망의 허망함을 이야
기한 페퇴피의 시구를 인용하고 그 바로 다음에 저 말을 두
차례나 인용했다(정확히 말하면, 처음 것은 페퇴피가 한 편지
에서 쓴 말의 인용이지만 뒤의 것은 페퇴피에 동의하게 된 루
쉰 자신의 말이다. 그래서 앞의 것은 "절망이 허망한 것은, 희
망과 똑같다"라고, 뒤의 것은 "절망이 허망한 것은, 희망과 똑
같구나!"라고 번역했다). 루쉰을 논하는 사람들 가운데 저 말
을 중시하지 않는 경우는 거의 없다. 루쉰의 글 도처에서 발

견되는 것이 희망이란 없다는 선언이고, 그렇다면 있는 것은 절망뿐이냐 하는 의문을 독자가 품음 직한데, 바로 이 자리에서 제시되는 것이 저 말이다. 절망도 허망하다는 것이다. 이제 절망은 우리가 그것을 수락해야 하거나 거기에 굴복해야 하는 것이 아니라, 우리가 그것에 반항할 수 있고 그것과 싸울 수 있는 것이 된다. 이렇게 하여 절망에 대한 반항이 루쉰 정신의 핵심이라는 설이 널리 유포되었고, 루쉰을 논하는 자리에서 희망이라는 말은 순진하거나 유치한 것, 때로는 위선적인 것, 허위적인 것으로 일찌감치 규정되었다.

하지만 여기에도 일종의 편향이 있는 것 아닐까? 물에 빠진 희망이라는 말을 다시 건져 올려서 가만히 들여다보면, 부정의 부정은 긍정이라는 말이 상기된다. 희망을 부정한 것이 절망이라면, 그 절망을 부정하는 것은 부정의 부정, 즉 다시 희망이 되는 것 아니겠는가? 이제는 낡은 말이 되어버렸지만 그래도 우리에게 필요한 듯하므로 여기에 호출한다면, 이 희망은 변증법적 희망이 되는 것 아니겠는가? 순진한 희망과 변증법적 희망은 같은 것이 아니리라. 루쉰이 절망에 대한 반항을 노래한 자신의 산문시에 '희망'이라는 제목을 붙인 것은 순진한 희망을 부정하기 위해서가 아니라 변증법적 희망을 추구한다는 뜻이 아닐까? 절망에 대한 반항 자체가 최후의 목적은 아닐 것이다. 그것이 최후의 목적이라면, 인간은 너무 가련한 존재가 되는 것 같다.

　이 선집에 붙인 제목 '부엉이의 불길한 말'은 산문시 「희망」에 나오는 구절이다. 이 구절이 부정적인 세상에 대한 부정이라는 의미에서 끝나지 않는다고 이 선집은 주장하려 한다. 부엉이의 불길한 말이 궁극적으로 지향하는 것은 새로운 희망이다.

2

　2018년에 한국어판 『루쉰 전집』이 완간됨으로써 루쉰의 산문은 이제 한국어로 다 번역되었고, 특히 루쉰의 유일한 산문시집 『야초』는 이번 전집에 참여한 한병곤의 번역 『들풀』 이전에도 유세종과 이욱연이라는 훌륭한 번역자들의 번역으로 거듭 출간된 바 있다. 이미 번역되었다고 해서 또 번역하면 안 된다는 법은 없다. 옳고 그르거나 잘하고 못하고의 문제가 아니라, 그보다는 높은 수준에서 생각해본다면, 문학의 번역이란 그 자체로 창작의 측면도 갖는 것이기 때문에 새로운 번역자에게는 자기만의 탐구라는, 다른 무엇과도 바꿀 수 없는 의미가 있는 것이다.

　책의 분량이 정해져 있어서 산문은 10편만을 선정했는데, 창작 시기를 보면 1907년부터 1936년까지 30년에 걸쳐 있는 산문 중에서 1920년대 중반의 것이 상대적으로 많이 선택되었다. 산문시는 1927년에 출간된『야초』의 수록 작품 24편(「제사」포함)을 모두 실었다.

루쉰은 오늘에 이르기까지 중국 현대문학에서 가장 중요한 작가이다. 소설가로서뿐만 아니라 산문가로서, 시인으로서, 비평가로서, 번역가로서, 문학 연구자로서 두루 활동했고, 그가 남긴 작품들은 발표 당시에는 동시대 중국 문학을 대표했으며, 지금은 중국 현대문학의 살아 있는 고전이 되었다.

그 여러 가지 신분 중 시인으로서의 루쉰은 그다지 주목받지 못했다. 루쉰이 남긴 시는 크게 두 종류이다. 하나는 전前근대의 구체시舊體詩이고 다른 하나는 산문시이다. 구체시는 현대문학이 아니라고 보아 제외할 수도 있겠지만, 산문시는 현대시의 주요 장르에 속하는 것이므로 산문시로 시집 한 권을 펴낸 시인 루쉰 역시 충분히 주목받을 만하다. 그런데도 시인 루쉰이 별로 주목받지 못한 것은 그 시적 성취가 낮아서가 아니라, 루쉰의 산문시를 시라기보다는 산문의 일종으로 여기는 시각이 지배적이었기 때문이다. 그 시각 아래에서는 산문시도 산문가로서의 업적에 속하는 것이 되고 거기에서 발견되는 성취도 산문가 루쉰의 것이 된다. 하지만 필자의 생각은 다르다. 루쉰의 산문시는 산문이기 이전에 시이다.

루쉰 자신에게 더욱 큰 의미가 있는 장르는 소설이 아니라 산문이었는지도 모른다. 일본 유학에 나선 20대 청년이 처음 지망했던 의학을 중도 포기하고 중국인의 병든 정신을 치유하겠다는 뜻에 따라 문예로 전향해서, 1907년 12월부터 재일 유학생 잡지『하남』에 잇달아 발표한 글이「인간의 역사人之歷史」「악마파 시의 힘摩羅詩力說」「과학사 교본科學史教篇」「문화의 편향文化偏至論」, 그리고「악성의 타파破惡聲論」이다. 이 글들은 논문이나 비평에 가깝고 중국어(백화)가 아니라 한문(문언문)으로 쓰였지만, 지금 우리가 말하는 넓은 의미에서의 산문에 당연히 포함된다. 루쉰의 평생에 걸친 산문 쓰기는 여기서 시작되었다(1903년 전후로 발표한 5편의 글이 있으나, 이들은 '기의종문棄醫從文' 이전의 것이다). 한문이 아니라 중국어로 쓴 산문을 발표하기 시작한 것은 1918년이었고, 그때부터 귀천 이틀 전인 1936년 10월 17일에 생전의 마지막 글인 산문「타이옌 선생으로 인해 생각나는 두세 가지 일」(미완)을 쓰기까지 루쉰이 쓴 산문의 양은 엄청나게 많아서, 전집의 가장 많은 분량을 산문이 차지한다. 처음에는 '수감록隨感錄'이라는 제목을 붙이기도 했지만 보통은 잡문雜文이라고 불렀고 잡감문雜感文이라고 부르기도 했는데, 우리는 이를 산문이라는 일반적 명칭으로 부르기로 한다.

　루쉰의 산문을 시기별로 나눈다면, 1907~1908년경의 재

옮긴이의 말　　　255

일 시기(낭만주의 시기), 1918~1927년의 비판적 리얼리즘 시기, 1927~1930년의 전환기, 1930년 이후 좌익작가연맹(약칭 좌련) 시기까지 네 단계로 파악할 수 있다.

1단계 산문의 특징은 일본 유학 시절에 산문「악마파 시의 힘」에서 영웅의 모습을 묘사한, "**큰소리로 한 번 외치면 듣는 사람이 떨치고 일어난다**動吭一呼, 聞者興起"라는 여덟 글자로 요약될 수 있다. 그 영웅에 대한 추구가 이 시기 산문의 주제이다.

2단계 산문의 특징은, 그로부터 15년 뒤인 1922년에 쓴 첫 소설집의 서문에서 "나는 **팔을 높이 들고 한 번 외치면 그 외침에 응하는 자가 구름처럼 몰려드는**振臂一呼, 應者雲集 그런 영웅이 결코 아니었다"라는 구절의, 그 여덟 글자의 **부정으로** 요약될 수 있다. 이 시기의 산문은 비관적이고 엄혹한 현실을 정시하면서 비판과 저항을 힘들게 수행했다.

3단계는 1927년에 발생한 4·12정변이 계기가 된다. 이 정변은 루쉰에게 큰 충격을 주었고, 이 충격이 루쉰에게는 변화의 씨앗이 되었다. 이듬해 프롤레타리아 혁명문학을 주장하는 창조사와 태양사의 젊은 문인들에게 시대에 뒤떨어진 소시민 작가라고 매도당하고, 그들과 논쟁을 벌이면서 루쉰은 본격적으로 마르크스주의를 접하기 시작하고, 마르크스주의를 수용했으며, 1930년 3월에는 새로 조직된 좌익작가연맹의 3인의 주석단 중 하나이자 7인의 상무위원 중 하나

가 되어 그 창립 대회에서 '좌익작가연맹에 대한 의견'이라
는 제목의 강연을 하기에 이른다. 1927년부터 1930년까지
를 별도의 단계로 구분한 것은 이 시기가 하나의 전환기적
의미를 갖는다고 보았기 때문이다. 1930년 이후는 당연히 4
단계가 된다.

　예전에 필자는 루쉰의 소설을 진실로, 산문을 전략으로
파악하고, 1927년 이전의 루쉰이 전략과 진실 사이에서 팽
팽한 긴장을 감당해내고 있었다면, 1930년 이후에는 그 긴
장을 감당하지 못하게 되었거나 긴장 자체가 와해되었다고
보는 주장을 제출한 적이 있다. 지금은 예전 관점의 편향성
을 인정하면서, 전과는 다른 방식의 설명을 시도하고자 한
다. 즉, 1930년 이후로는 전략과 진실 사이의 긴장, 그것의
구성 방식 자체가 달라진다고 보는 것이다. 긴장의 회피나
와해가 아니라, 긴장 자체가 바뀌었다는 것이다. 이렇게 보
면, 프롤레타리아 문학 운동 안에서 나타나는 문학과 정치
사이의 긴장, 진실성과 당파성 사이의 긴장이 만년의 루쉰
이 감당해낸 내용이고, 소설도 산문도 다 이 긴장을 짊어졌
다고 할 수 있다.

　이 책에 선정된 산문 10편을 단계별로 나누어보면, 1단계
1편, 2단계 6편, 3단계 1편, 4단계 2편이 된다. 2단계가 상대
적으로 많이 선정된 이유는 무엇인가? 그것은 필자의 관점
에 여전히 남아 있는 편향 때문일 것이다. 루쉰 소설의 한계

를 비판하고, 이를 루쉰의 산문이 뛰어넘었다고 보는 경우 (예를 들면, 1940년대 한국의 루쉰 연구자 이명선은 그렇게 보았다)에는 필자와 달리 3단계와 4단계를 중시할 것임이 분명하다. 단계를 어떻게 나누고 각 단계의 내용을 어떻게 이해하든지 간에, 중요한 것은 단계론에 집착해서는 안 된다는 점이다. 단계별로 차이가 분명히 존재하지만, 반대로 네 단계 전체를 하나로 관통하는 동일성도 있다는 점에 주목하지 않으면 안 된다. 필자는 그 동일성에 비판적 태도라는 이름을 붙이려 한다. 그 동일성과 차이의 관계 속에서 비로소 루쉰의 산문에 대한, 그리고 루쉰에 대한 온전한 이해가 가능할 것이다.

3

　루쉰이 산문시집 『야초』를 펴낸 것은 루쉰 산문의 2단계 끝 시기에 해당하는데, 이 시집은 2단계의 특성을 극대화하고 있으면서도 네 단계 전체를 하나로 관통하는 동일성을 다른 무엇보다 더 잘 드러내고 있다고 필자는 생각한다. 그러니까 『야초』를 루쉰 문학에서 예외적인 것이 아니라 오히려 핵심적인 것이라고 보는 것이다.
　1927년 7월에 출간된 루쉰의 『야초』는 산문시집이라고 불려왔지만, 여기 실린 23편 중 2편은 산문시라고 하는 게 적절해 보이지 않는다. 「나의 실연」은 2세기 초 후한後漢 시대 장형의 '아소사혜재태산我所思兮在太山'으로 시작하는 「사수시」를 본뜬 의고시擬古詩이고, 「길손」은 형태상 희곡이다. 그 밖에도 「퇴패한 선의 떨림」을 형태상 소설이라고 보는 경우도 있지만, 시에도 이야기시가 있으므로 이는 문제 될 게 없다. 작자 자신이 산문시라고 규정하였으므로, 요즈음의 장르론에 입각하면 다 산문시라고 인정할 수 있다. 하지만 필자의 마음은 다른 쪽으로 기운다. 『야초』를 산문시집이 아니라 시집이라 부르고, 그 속에 21편의 산문시(「제사」까지 시로 보면 22편의 산문시)와 1편의 극시, 그리고 1편의 의고체 시가 수록되었다고 보는 쪽으로(산문시로 분류한 22편 중에서도 일부는 자유시로 봐야 할지 모른다). 필자와 정반대로 『야초』를 산문집으로 보고, 산문의 시화詩化, 소설화, 연극화로 설명하는 시각도 있는데, 동의하기 어렵다. 산문은 비허구 장르이고 시, 소설, 연극은 허구 장르이기 때문에 그런 설명이 너무나 이상스럽게 느껴진다. 루쉰의 산문과 산문시를 이 책에 한데 엮으면서 필자가 강하게 느낀 것은 이 둘이 정말로 아주 다르다는 점이었다. 전에 생각했던 것보다 훨씬 더.

『야초』에는 이항 대립이 매우 많이 등장한다. 「퇴패한 선의 떨림」의 늙은 여자가 황야의 복판에 서는 장면만 보아도

'미련과 결별' '애무와 복수' '양육과 섬멸' '축복과 저주'가 나
열되고 그것들이 합쳐진 뒤에 그녀의 두 손이 들린다. 「제
사」에는 "친구와 원수, 사람과 짐승, 사랑하는 자와 사랑하
지 않는 자"(138쪽)가 나열된다. 시집 전체에 걸쳐 등장하는
이항 대립 중 대표적인 것은 죽음과 삶, 어둠과 밝음, 절망
과 희망이다. 하나가 다른 하나에 승리하는 것. 이런 구조는
예로부터 많이 보아온 것이다. 권선징악이 대표적인 예이겠
고, 암흑을 물리치고 광명을 획득한다는 구조도 많이 보아
왔다. 두 항목 중 어느 한 항목을 선택할 때 이런 구조가 나
온다. 반대로 악을 선택하고 암흑을 선택하는 경우도 있겠
다. 그런데 그 이항 대립이 어느 쪽으로든 승패가 정해지지
않고 한없이 대치가 계속될 수도 있다. 이때 비극적 세계관
이 나온다. 하지만 승부가 나지 않더라도, 대치 외에 다른
길이 없는 것은 아니다. 대립 자체를 없애는 것이다. 두 대
립물을 하나로 합치는 것. 모순되는 것의 통합, 이것이 옥시
모론(모순어법)이다. 어둠과 밝음이라는 모순의 통합은 실
제로 여명과 황혼에서 가능해진다. 물과 불이라는 모순의
통합은 알코올에서 실현된다. 상징주의가 관심을 갖는 대상
이 바로 옥시모론이다. 그렇다면 『야초』의 시편들은 어떤
모습을 보이는 걸까? 한 항목의 선택에서부터 비극적 세계
관과 옥시모론까지 다 나타나는 것 같다. 그뿐만 아니라 거
기서 더 나아가 다양한 방식의 '놀이'를 하고 있는 것으로 생

각된다. 자리 바꾸기와 뒤집기, 그리고 연결 짓기가 우선 눈에 띄지만 그 밖에도 많은 변주들이 가능할 것 같다(중국의 루쉰 연구자 쑨거가 말한 "절망과 희망의 바깥"은 이항 대립의 바깥으로 나가기가 되겠다). 그리고 그러한 '놀이'에 대부분 수반되는 것이 아이러니와 패러독스이다. 이런 문제의식을 가지고 루쉰을 좀더 들여다봐야겠다는 것이 지금 필자의 생각이다.

중국에서 나온 기왕의『야초』해석 중 필자에게 가장 인상적이었던 것은 첸리췬과 왕후이의 해석이다. 첸리췬이 주목한 것은 루쉰이 이항 대립 중 한쪽을 거부하고 포기하면서 다른 한쪽을 택했다는 점이다. '어둠' '공허' '무위' '육박'이 루쉰이 선택한 것이고, 루쉰은 그 '무'와 '공'에서 오히려 더 큰 '유'와 '실'에 도달할 수 있었다는 것이다. 이 해석에서 필자는 루쉰 이전에 첸리췬 자신의 모습을 본다. 필자가 글머리에서 언급했던 변증법적 희망이라는 것과 첸리췬의 논지 사이에는 상통하는 면이 있는 것 같다.

'절망에 대한 반항'이라는 해석의 프레임을 대표하는 논자가 왕후이이다. 절망과 희망의 이항 대립에서, 희망도 허망하고 절망도 허망한 것이며 그러므로 루쉰은 희망을 선택하는 것이 아니라 절망에 대한 반항을 선택했다는 것이다. 아마도 최근 몇십 년 간의 루쉰 해석에 가장 큰 영향력을 행사한 것은 이 설일 것이다. 이는 "암흑과 허무만이 실재〔實有〕

라고 느끼며, 한사코 그것들을 향해 절망적인 항전을 한다"
라고 한 루쉰 자신의 말과 연결된다.

둘의 뛰어난 해석에 반대하자는 것이 아니라, 둘과는 다
른 해석의 가능성을 점검해보자는 것이 필자의 취지이다.
몇 가지 착안점이 보인다.

첫째, 필자가 보기에 『야초』에 나타나는 수많은 이항 대
립과 이것들로써 '놀이'하는 다양한 방식에 비추어본다면,
첸리췬과 왕후이는 그중 주로 한 항목을 선택하는 방식을
취하면서 그 항목의 여러 양상들 중 특정한 일부에 주목했
다고 할 수 있다.

둘째, 첸리췬과 왕후이는 시의 화자와 시인을 완전히 동
일시하고 있다. 화자의 선택이 시인의 선택이고, 화자의 결
심이 시인의 결심이 되고 있다. 필자의 생각으로는 시의 화
자와 시인을 분리해야 한다. 이것은 산문이 아니고 시이기
때문이다. 때로 화자와 시인이 동일해질 때도 있겠지만 기
본적으로는 다르다는 것을 전제하고 해석해야 한다는 게 필
자의 생각이다. 처음부터 동일한 것과, 원래 다른 것인데 동
일하게 나타난 것 사이에는 차이가 있는 것 같다.

셋째, 『야초』는 시이면서 철학 텍스트로 읽힐 소지가 많
다. 일찍부터 루쉰의 작품 중에서 『야초』에 각별히 주목해
온 일본 학계에서도 『야초』에 나타나는 시와 철학의 일치를
중시했다. 첸리췬, 왕후이 역시 『야초』를 기본적으로 시로

보면서 동시에 철학으로도 보았다고 생각된다. 사실 『야초』
는 그 두 측면 중 시적 측면보다 철학적 측면이 더 많은 주
목을 받아왔다. 왕후이의 『야초』 읽기도 실은 철학적 측면
에 더 많이 기운 것이었다. 그가 『야초』를 절망에 반항하는
'인생 철학'이라고 파악한 것은 니체에서부터 카뮈(루쉰이
『야초』를 쓸 당시 12세였던)에 이르는 사상사적 맥락 속에서
였다. 쑨거의 최근 저서*도 『야초』의 철학적 측면에 주목하
고 있는데, 『야초』를 중국 사상사라는 맥락 속에서 읽은 점
이 독특하다. 명나라 말의 이탁오李卓吾에서 청나라 말 중화
민국 초의 장타이옌章太炎을 거쳐 루쉰으로 이어지는 사상사
적 맥락 속에서 『야초』를 자세히 읽고 있다(이 읽기는 다케
우치 요시미의 루쉰 연구와 미조구치 유조의 중국 사상사 연구
의 영향을 받은 것이다). 이러한 읽기는, 시로서의 『야초』에
먼저 접근하려 하는 필자와는 방향이 반대라고 할 수 있다.
이 장면에서 떠오르는 연구자가 있다. 일본의 루쉰 연구자
마루야마 노보루이다. 그는 루쉰 평전**을 쓰면서 『야초』를
통해 루쉰의 정신, 내면, 사상을 보아내려고 노력했는데, 그
관찰이 오히려 『야초』의 시적 측면을 집요하게 파헤치고 있

* 孫歌, 『絶望與希望之外—魯迅『野草』細讀』, 生活·讀書·新知三聯書店,
2020.
** 丸山昇, 『魯迅—その文學と革命』, 平凡社, 1965.

다. "가을 하늘과 대추나무를 그러한 관념과 결부시키는 어떤 것이 그의 내부에 존재하고 있어서, 그가 이 시점에서 그것에 형태를 부여하려고 했다"*라고, 또 "추상적 관념의 세계에 대한 충동이 현실 회피가 아니고 도리어 작자를 현실과 보다 구체적으로 연관시키는 용수철이 된다"**라고 말하는 마루야마의 모습이 필자에게는 무척 인상적이었다. 시라는 자료에서 철학을 읽어내는 것이 아니라, 철학을 읽기 위해 시 자체를 파고드는 느낌이다. 그의 텍스트는 시라는 형태인 것이다. 형태는 겉과 속을 분리할 수 없는 통일체이다.

필자는 『야초』를 먼저 시로 본다. 마치 하이데거가 횔덜린의 시를 시로 보았듯이. 하이데거에게 횔덜린의 시는 시이지, 철학 텍스트가 아니었다. 하이데거에게 시인과 사유자(즉 철학자)는 존재의 집인 언어의 파수꾼들이고, 존재의 소리에 귀를 기울이는 그들은 각자 독특한 방식으로 본질적인 말하기를 하는데, 그 방식들은 혼동될 수 없다. '사유자로서의 시인'인 니체는 어디까지나 사유자이고 '시인으로서의 사유자'인 횔덜린은 어디까지나 시인인 것이며, 니체가 쓴

---

* 마루야마 노보루, 『노신평전—문학과 사상』, 한무희 옮김, 일월서각, 1982, 183쪽. 여기서 "그러한 관념"이란 대추나무 가지가 하늘을 찔러 귀신같이 눈을 깜박거리게 鬼眹眼 하고 달을 찔러 창백해지게 한다는 관념을 말한다.

** 같은 책, 188쪽.

것은 철학이고 횔덜린이 쓴 것은 시인 것이다. 『야초』를 철학 텍스트로 보는 것은, 횔덜린의 시를 철학 텍스트로 보고 횔덜린을 철학자로 보는 것과 마찬가지라고 생각된다. 횔덜린의 시를 읽는 사유자가 횔덜린 쪽으로 다가가는 것은 가능하다. 만년의 하이데거가 그랬듯, 사유자와 시인의 사이에서. 그러나 그때도 횔덜린은 여전히 시인일 뿐이다. 필자는 사유자도 아니고 시인도 아니므로, 단지 비평가의 눈으로 시인의 시를 볼 따름이다(예컨대, 가을 하늘과 대추나무를 '그러한 관념'과 결부시키는 그 '어떤 것'이 루쉰의 내부에 있어서 그것에 형태를 부여하려 했다고 설명한 마루야마의 말을 빌리자면, 그 형태가 시이다. 이 형태 속에 '그러한 관념'도, 가을 하늘과 대추나무도, 그 둘을 결부시키는 그 '어떤 것'도 다 들어 있는 것이다. 시에서 중요한 것은 그것들을 다 포함하는 형태와 그것의 생성 자체이다).

『야초』를 먼저 시로서 읽은 분들도 당연히 있었고 결코 적지만도 않다. 그러나 상대적으로 주목받지 못한 것도 사실이고, 그 읽기가 충분히 넓지 못하고 깊지 못했던 것도 사실이다. 루쉰 담론의 현 상황에서 볼 때 『야초』를 시로서 읽는 작업의 확대와 심화가 매우 필요하다고 생각된다. 『야초』를 철학 텍스트로서 읽고자 하는 분들 중에는 시로 읽는 것을 꺼리는 경우가 많은데, 그들에게 『야초』를 시로 읽는다는 것은 상징주의로 읽는다는 것과 거의 동의어인 듯하다. 필자 역시 그렇게 읽는 것에는 거부감을 느낀다. 상징주의로 미리 규정해놓고 읽는 것은 바람직하지 않다. 상징주의가 많은 영향을 미쳤고 상징주의를 많이 수용했음은 인정하지만, 그렇다고 상징주의에 가둘 필요는 없다는 것이다. 상징주의는 금세 통속화되어 상투형으로 전락해버리지만, 반대로 개별적인 시적 탐구와 융합하여 상징주의라는 이름으로 가둘 수 없는 새로운 시 세계를 열기도 하고, 바로 이 열림에서 좋은 시가 나온다. 19세기 후반의 상징주의가 1920년대 중반은 물론이고, 21세기인 지금에도 창조적 의의를 갖는 것은 바로 이런 열림 속에서인 것이다. 루쉰 또한 우리에게 이런 열림을 주는 창조적 계기가 된다고 생각한다.

4

필자의 번역은 직역을 우선시한다. 직역으로는 번역되지 않거나 곤란한 문제가 발생할 경우(그 이유는 여러 가지가 있겠지만)에는 의역을 택하는데, 이때는 다소 적극적인 의역을 꺼리지 않는다. 특히 시의 번역에서는 그 압운과 리듬에 대해서도 가능한 한 옮기거나 재현해보려고 노력한다. 구두점이나 단어가 배치되는 위치 같은 것도 시의 일부라고 생각하기 때문에, 때로는 자연스러운 한국어를 포기하면서 번역하기도 한다. 시 번역의 목적은 근사한 번역 시를 쓰는 것이 아니라 가능한 한 원시原詩에 접근하는 데 있다고 생각하기 때문이다. 물론 양자가 행복하게 결합되는 경우도 드물게 있기는 하지만 대부분의 경우는 그렇지 않고, 오히려 원시로부터 멀어지면서 번역 시가 자연스러워지는 경우가 더 많다고 생각하는 필자에게는 확실히 편향이 있는 것이다. 하지만 번역 시를 통해 원시를 체험할 수 있다면 그 얼마나 멋진 일인가. 필자는 이 불가능한 꿈을, 설사 불가능하더라도 계속 꾸고 싶다. 다만 피하지 못하고 범하는 오역은 전적으로 필자가 부족한 탓이다. 독자 여러분의 질정을 바란다.

작가 연보

1881   9월 25일 저장浙江성 사오싱紹興현 성내城內 동창방東昌
      坊 신태문新台門에서 부친 저우펑이周鳳儀(1861~1896)와
      모친 루루이魯瑞(1857~1967)의 3남 중 장남으로 태어
      남. 원명은 저우장서우周樟壽, 17세 때 저우수런周樹人
      으로 개명함. 둘째 동생은 저우줘런周作人(1885~1967),
      셋째 동생은 저우젠런周建人(1888~1984).

1892   마을의 사숙私塾 삼미서옥三味書屋에서 한학자 서우징
      우壽鏡吾에게 한학을 배우기 시작함(삼미는 경經을 읽는
      맛, 사史를 읽는 맛, 자子를 읽는 맛의 세 가지 다른 맛을
      가리킨다). 단편소설「고향」의 작중인물 룬투閏土의 모
      델이 된 장윈수이章運水(1879~1936)를 만남.

1893   조부 저우푸칭周福淸(1838~1904)이 루쉰의 부친을 과거
      (향시)에 합격시키기 위해 부정을 저질렀다가 투옥되면
      서(1901년 석방) 집안이 기울기 시작함.

1894   중병에 걸린 부친의 병구완을 위해 전당포와 약방을 드
      나듦.

1896 오랜 병환 끝에 부친 타계. 일기를 쓰기 시작함.

1898 5월, 난징의 쟝난 수사학당에 입학. 이름을 저우수런으로 바꿈.

1899 난징의 쟝난 육사학당 부설 광무철로학당으로 전학. 이무렵에 토머스 헉슬리의 『진화와 윤리』를 한문으로 번역하며 헉슬리를 비판하고 스펜서를 추종하는 논평을 붙인 옌푸嚴復의 『천연론天演論』을 읽음.

1902 1월, 광무철로학당 졸업. 3월, 국비 유학생으로 선발되어 일본으로 건너감. 4월, 유학생 예비 학교인 도쿄의 고분학원弘文學院에 입학.

1903 변발을 자름. 철학과 문예 관련 책을 즐겨 읽고, 인성과 국민성 문제에 관심을 가짐. 번안소설「스파르타의 혼」, 과학 논문「라듐에 대하여」「중국지질약론」, 쥘 베른의 과학소설『지구에서 달까지』『지구 속 여행』의 번역 등을 유학생 잡지『절강조浙江潮』에 발표.

1904 9월, 센다이 의학전문학교(지금의 도호쿠 대학)에 입학.

1905 해부학 시험문제 유출 루머 사건과 환등기 사건을 겪음. 기의종문棄醫從文의 전설은 이 환등기 사건을 계기로 루쉰이 의학을 버리고 문학을 좇았다고 설명함.

1906 3월, 센다이 의학전문학교를 중퇴하고 도쿄로 감. 4월, 잡지『신생』의 창간을 추진하기 시작함. 7월, 일시 귀국하여 주안朱安(1878~1947)과 결혼하고 다시 일본으

로 건너감. 저우쮜런이 일본으로 유학을 와서 함께 생활함. 독일어와 러시아어를 배움.

1907   7월, 중국에서 혁명 활동을 하던 광복회 회원 서석린徐錫麟과 추근秋瑾이 체포되어 처형됨. 여름, 잡지『신생』창간 계획이 실패로 종결됨. 산문「인간의 역사人之歷史」를 집필해 12월, 허난성 출신 재일 유학생 잡지『하남河南』에 발표. 산문「악마파 시의 힘摩羅詩力說」「과학사 교본科學史敎篇」「문화의 편향文化偏至論」을 집필해 이듬해『하남』에 발표.

1908   12월, 산문「악성의 타파破惡聲論」발표. 혁명가이자 사상가, 학자인 장타이옌章太炎에게『설문해자說文解字』를 배움. 광복회 회원으로 가입했는지는 확실하지 않음.

1909   저우쮜런과 함께 러시아와 동유럽 소설을 번역하여『역외소설집城外小說集』두 권을 3월과 7월에 출간. 8월, 귀국. 항저우의 저쟝 양급사범학당 교사로 취임하여 화학 및 생리위생학을 가르침, 이듬해 7월 사직.

1910   8월, 사오싱부 중학당 교직을 맡음, 이듬해 7월 사직.

1911   10월, 신해혁명 발발. 사오싱부 중학당 교감으로 취임. 11월 5일, 사오싱의 각계 인물 100여 명이 모인 대책회의에서 의장을 맡았으며 다음 날, 학생들과 함께 혁명의 의의를 선전하는 가두 활동에 나섬. 11월 10일, 혁명당원 왕진파가 광복군을 이끌고 사오싱에 입성. 루쉰

은 사오싱의 산후이 초급사범학당 교장으로 임명됨. 한
문소설「회구懷舊」를 씀.

1912 1월 3일 창간한 신문『월탁일보越鐸日報』의 발행에 관
여하여 창간사를 쓰는 한편, 잡문란을 만들어 사오싱의
여러 시대적 병폐를 질책하고 군정부를 비판함. 2월, 난
징 임시정부의 교육부 직원으로 취임. 5월, 베이징 천
도와 함께 베이징으로 이주. 동향인 회관인 사오싱회관
의 별채 등화별관에서 거주(1916년 5월, 다른 별채인 보
수서옥으로 옮김). 8월, 베이징 정부의 교육부 첨사僉事
로 발령받음. 교육부 사회교육사 제1과 과장. 1917년까
지 옛 비문을 베껴 쓰고 금석문 탁본을 수집하는 데 열
중함.

1913 4월,『소설월보小說月報』에「회구」발표. 교육부 소집
전국독음통일회의 국어주음자모國語注音字母 제정 사업
에 참여.

1917 4월, 동생 저우쥐런이 베이징으로 와 사오싱회관 입주.
8월, 사오싱회관 거처에서『신청년新靑年』편집위원 쳰
쉬엔퉁과 '쇠로 만든 방'에 대한 대화를 나눔.

1918 1월, 잡지『신청년』의 편집위원으로 참가. 4월,『신청
년』에 수감록隨感錄이라는 제목으로 사회와 문화에 대
한 단평을 내용으로 하는 산문을 발표하기 시작. 5월,
단편소설「광인일기狂人日記」를 루쉰이라는 필명으로

『신청년』에 발표.

1919   단편소설「쿵이지孔乙己」「약」발표. 12월, 사오싱의 고
        향 집을 처분하고, 고향 집에 살던 어머니 루루이, 아
        내 주안, 둘째 동생 저우쭤런의 아내 하부토 노부코羽
        太信子(1908년 4월 루쉰 형제 등 5명이 전에 나쓰메 소세
        키가 살던 집을 빌려 공동생활을 할 때 하녀로 고용했던
        일본 여성으로, 저우쭤런과 맺어졌다), 셋째 동생 저우젠
        런 부부(저우젠런의 아내 요시코芳子는 노부코의 친동생
        이다)와 그 자녀 둘 등 7명은 베이징 팔도만호동八道灣
        胡同에 구입한 집으로 옮겨와, 이미 베이징에 살고 있던
        루쉰, 저우쭤런과 이 집에서 함께 살기 시작함. 그리하
        여 1912년 5월부터 시작된 루쉰의 사오싱회관 생활은
        1919년 11월에 끝남.

1920   가을 학기부터 베이징 대학과 베이징 사범대학에 출강,
        중국소설사 강의. 단편소설「내일」「작은 사건 하나」
        「두발 이야기」「풍파」발표.

1921   단편소설「고향」발표. 12월 4일, 중편소설「아Q정전」
        의 연재 시작.

1922   2월,「아Q정전」의 연재 완료. 5월, 아르치바셰프의
        『노동자 셰비료프』번역 출간. 7월,『예로센코 동화집』
        번역 출간. 단편소설「단오절」「흰 빛」「토끼와 고양
        이」「오리의 희극」「마을 연극」「부주산不周山」(뒤에

「보천補天」으로 제목을 바꿈) 발표.

1923 8월, 동생 저우줘런과 결별하고 팔도만호동 11호 집에
      서 나와 전탑호동磚塔胡同 61호 집으로 이사함. 15편의
      중·단편소설을 묶은 첫 소설집『외침吶喊』출판. 베이
      징 여자고등사범학교(뒤에 베이징 여자사범대학으로 개
      명) 출강. 12월 26일,「노라는 집을 나온 뒤 어떻게 되
      었는가」강연.

1924 5월, 부성문내阜成門內 서삼조호동西三條胡同 21호 집으
      로 이사. 이 집이 현재 루쉰박물관과 붙어 있는 베이
      징 루쉰 고거北京魯迅故居임. 9월, 산문시집『야초』에 수
      록된 23편 중 첫 작품 탈고. 12월, 일본의 평론가 구리
      야가와 하쿠손의 문학이론서『고민의 상징』번역 출
      간. 단편소설「복을 비는 제사」「술집에서」「행복한 가
      정」「비누」발표.

1925 단편소설「장명등長明燈」「시중示衆」「가오 선생高老夫
      子」「형제」「이혼」발표. 5월과 8월, 제1·2차 베이징
      여사대 사건 때 학생들을 지지하는 활동을 하면서 교육
      부에서 해직, 이듬해 1월 복직. 10월, 단편소설「고독한
      사람」「상서傷逝」탈고. 11월, 산문집『열풍』출간.

1926 3월, 3·18사건 발발. 3월 26일 베이징 군벌 정부에 의
      해 지명수배 되어 도피 생활을 시작함. 4월 8일과 10일,
      산문시집『야초』에 수록된 23편 중 마지막 두 편을 탈

고. 5월, 수배령이 해제된 뒤 집으로 돌아옴(일기와 대
조해보면 2일 밤에 돌아온 것으로 추정됨). 5~6월, 징인
위敬隱漁가 프랑스어로 번역한「아Q정전」이 로망 롤랑
의 추천으로 프랑스 문예지『유럽Europe』제41호와 제
42호에 걸쳐 연재됨. 산문집『화개집華蓋集』출간. 8월,
11편의 단편소설을 묶은 두번째 소설집『방황彷徨』출
간. 8월, 가족을 두고 홀로 베이징을 떠남. 9월, 린위탕
의 권유로 샤먼대학 문과 교수로 취임. 단편소설「미간
척眉間尺」(뒤에「주검鑄劍」으로 제목을 바꿈) 탈고. 12월,
단편소설「분월奔月」탈고.

1927   1월, 샤먼을 떠나 광저우로 감. 중산대학 문과 교수로
취임. 3월, 산문집『무덤墳』출간. 4월, 4·12정변의 발
발로 큰 충격을 받음. 4월 8일, 국민혁명군의 황푸 군
관학교에서 '혁명시대의 문학' 강연. 4월 26일, 산문시
집『야초』에 서시로 수록될「제사」탈고. 7월, 산문시
집『야초』출간. 8월, 유기석이「광인일기」를 한국어로
번역해 일제강점기 조선의 잡지『동광』에 게재하면서,
「광인일기」는 루쉰의 작품 가운데 한국인이 처음으로
번역한 소설이 됨. 9월, 노벨 문학상 후보로 추천받는
것을 거절함. 10월, 정변 이후 국민당 우파의 정치적 탄
압이 심해지면서 신변의 위험이 커진 루쉰은 광저우를
떠나 상하이 조계로 이주. 쉬광핑許廣平(1898~1968)과

동거를 시작.「고향」이 역자 서명 없이 일본어로 번역
되어 일본의 잡지『대조화大調和』에 게재되면서, 일본
인이 처음으로 번역한 루쉰 소설이 됨.

1928   프롤레타리아 혁명문학을 주장하는 젊은 문학가들의
비판을 받아 그들과 논쟁을 벌임. 이를 계기로 마르크스
주의 저작을 대량으로 읽기 시작함. 9월, 산문집『조화
석습朝花夕拾』출간. 10월, 산문집『이이집而已集』출간.

1929   6월, 러시아 평론가 아나톨리 루나차르스키의『예술
론』번역 출간. 9월, 쉬광핑이 아들 저우하이잉周海嬰을
낳음. 연말, 중국 좌익작가연맹의 조직에 대해 평쉬에
펑馮雪峰과 의논함.

1930   2월, 자유운동대동맹 성립 대회에 참가. 3월, 좌익작가
연맹의 3인의 주석단 중 하나, 7인의 상무위원 중 하나
로 선임되고, 성립 대회에서 강연함. 7월, 러시아 마르
크스주의 이론가 게오르기 플레하노프의『예술론』번
역 출간.

1931   9월, 파데예프 소설『훼멸』번역 출간.

1933   2월, 중국을 방문한 조지 버나드 쇼를 차이위안페이,
쑹칭링 등과 함께 만남. 3월, 소설 선집『루쉰 자선
집』출간. 7월, 산문 선집『루쉰 잡감雜感 선집』(취츄바
이瞿秋白 편) 출간.

1934   8월, 단편소설「비공非攻」탈고.

1935   2월, 러시아 소설가 니콜라이 고골의 장편소설『죽은
        영혼』을 번역하기 시작. 11월, 단편소설「이수理水」탈
        고. 12월, 단편소설「채미採薇」「출관出關」「기사起死」
        탈고.

1936   1월, 8편의 단편소설을 묶어 세번째 소설집『고사신편
        故事新編』출간. 2월,『죽은 영혼』2부를 번역하기 시작.
        4월 말과 5월 초, 펑쉬에펑, 후펑과 '민족혁명전쟁의 대
        중문학'이라는 슬로건에 대해 논의함. 이 논의를 바탕
        으로 6월 초, 후펑이 평론「인민대중은 문학에 무엇을
        요구하는가?」발표. 5월 28일, 병이 악화되어 위험한
        상태까지 갔으나 6월 들어 차츰 회복됨. 6월 10일, 루쉰
        이 구술하고 펑쉬에펑이 기록한 평론「현재 우리의 문
        학 운동을 논함」을 통해, 좌익작가연맹을 해산시키고
        문단의 무조건적인 좌우합작을 주장하는 국방문학론
        일파를 비판. 6월 15일, 국방문학론 일파가 조직한 중
        국문예가협회에 맞서 루쉰의 주도하에 중국문예공작
        자선언 발표. 8월 6일, 국방문학론 일파를 비판하는 평
        론「쉬마오융에 답하며 항일통일전선 문제에 관하여」
        를 펑쉬에펑과 쉬광핑의 도움을 받아 탈고. 10월 1일,
        루쉰이 바진과 마오둔 등 후배 작가들의 중재를 받아들
        여「문예계 동인의 단결된 항거와 언론 자유를 위한 선
        언」에 서명함으로써 논쟁이 종결됨. 10월 17일, 생전

의 마지막 글인 산문「타이옌 선생으로 인해 생각나는 두세 가지 일」을 씀(미완). 10월 19일, 지병인 폐병으로 서거.